紫图图书 出品

窄门

ANDRÉ GIDE
LA PORTE ÉTROITE

[法]安德烈·纪德 著
李玉民 译

四川人民出版社

图书在版编目（CIP）数据

窄门 / (法) 安德烈·纪德著；李玉民译. -- 成都：四川人民出版社, 2025. 1. (2025.6重印) -- ISBN 978-7-220-13905-5

Ⅰ. I565.45

中国国家版本馆CIP数据核字第2025XZ4711号

ZHAIMEN
窄门
[法] 安德烈·纪德 著 李玉民 译

出 版 人	黄立新
统 筹	郭 健
责任编辑	罗骞昀 郭 健
监 制	黄 利 万 夏
营销支持	曹莉丽
特约编辑	邓 华 张文清
版权支持	王福娇
责任校对	张新伟
装帧设计	紫图图书ZITO®

出版发行	四川人民出版社（成都三色路238号）
网 址	http://www.scpph.com
E-mail	scrmcbs@sina.com
新浪微博	@四川人民出版社
微信公众号	四川人民出版社
发行部业务电话	（028）86361653 86361656
防盗版举报电话	（028）86361653
照 排	紫图图书ZITO®
印 刷	艺堂印刷（天津）有限公司
成品尺寸	140mm×210mm
印 张	6
字 数	125千
版 次	2025年1月第1版
印 次	2025年6月第2次印刷
书 号	ISBN978-7-220-13905-5
定 价	55.00元

■版权所有·侵权必究

本书若出现印装质量问题，请与本公司联系调换

电话：（010）64360026-103

「你们尽力从这窄门进来吧。」

《路加福音》
第十三章，第二十四节

纪德开始钟情于表姐玛德莲的场景，与《窄门》中所描述的如出一辙——13岁那年，他发现玛德莲因为其母的不端行为而哭泣祈祷，她的悲伤深深地打动了他。对表姐那爱与怜悯的童真初心，促使纪德多次向表姐求婚，并最终得偿所愿。

在写作中，1891年，22岁的纪德便在《安德烈·瓦尔特笔记》一书中，化身主角瓦尔特诉说自己对玛德莲的纯净感情。近20年后，他再次将自己和表姐化身为杰罗姆和阿莉莎，演绎这段纯到无法在世间存活的爱情，成就了永远矗立文学史的伟大作品——《窄门》。

André Gide

1893年，24岁的纪德

在这个我已经很珍爱的小生命身上，
蕴藏着一种巨大的、难以忍受的悲伤……

你们尽力从这窄门进来吧,因为宽门和宽路通向地狱,进去的人很多;然而,窄门和窄路,却通向永生,只有少数人才找得到。

(摘自本书第一章)

那幸福的大门,请给我打开片刻吧。

(摘自本书第六章)

可是不行啊！您给我们指出的道路，

主啊，是一条窄路，极窄，容不下两个人并肩而行。

（摘自本书第八章）

我爱你爱得太深,就无法显得机灵;
我越爱你,就越不会跟你说话。

(摘自本书第六章)

多亏了你呀,我的朋友,

我的梦想升到极高极高,

再谈任何世间的欢乐,

就会使它跌落下来。

(摘自本书第八章)

这样一种爱情,只能与我同生死。

(摘自本书第七章)

"你认为死就能将人分开吗?"

"死亡能把人拉近……对,能拉近生前分离的人。"

(摘自本书第二章)

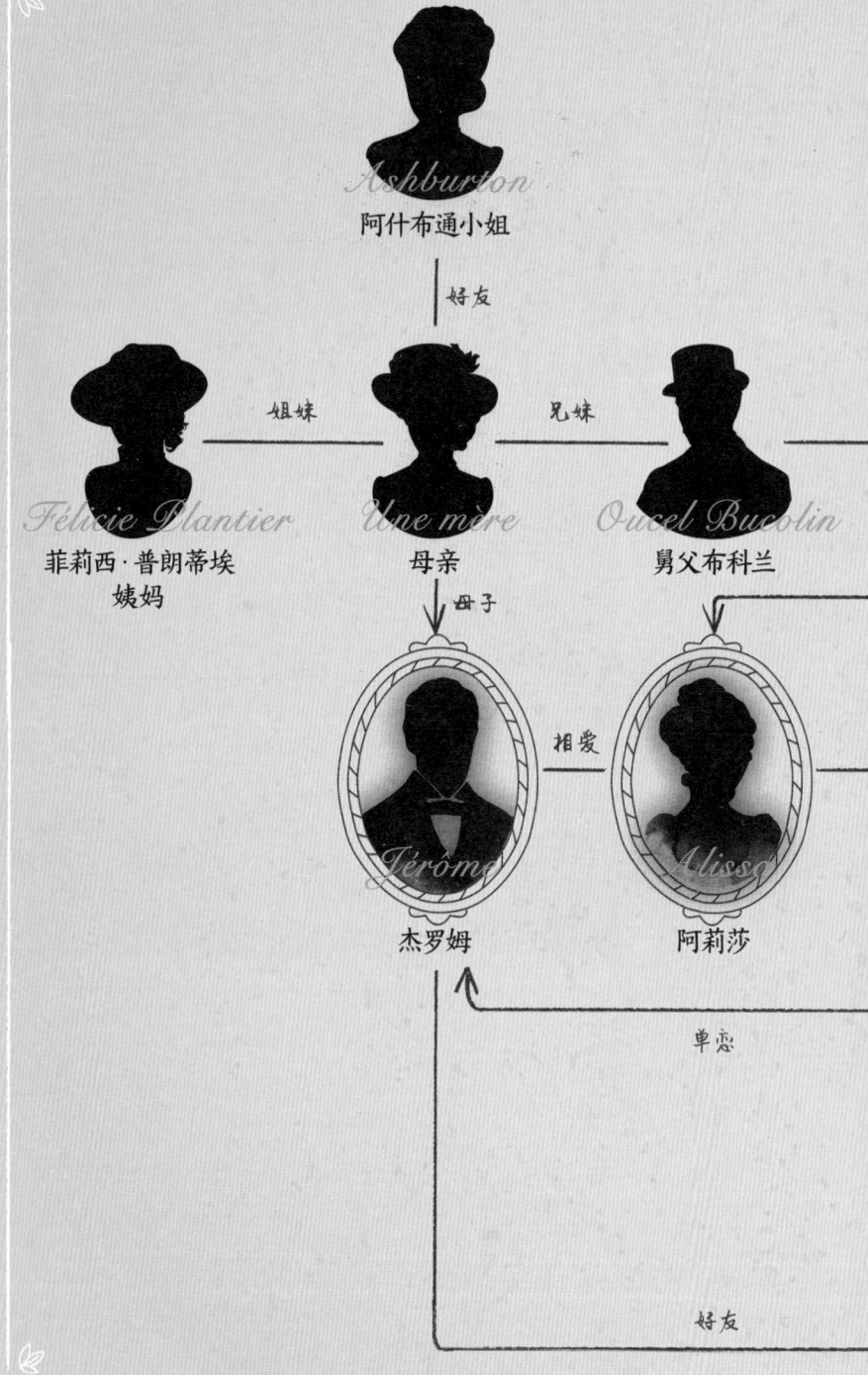

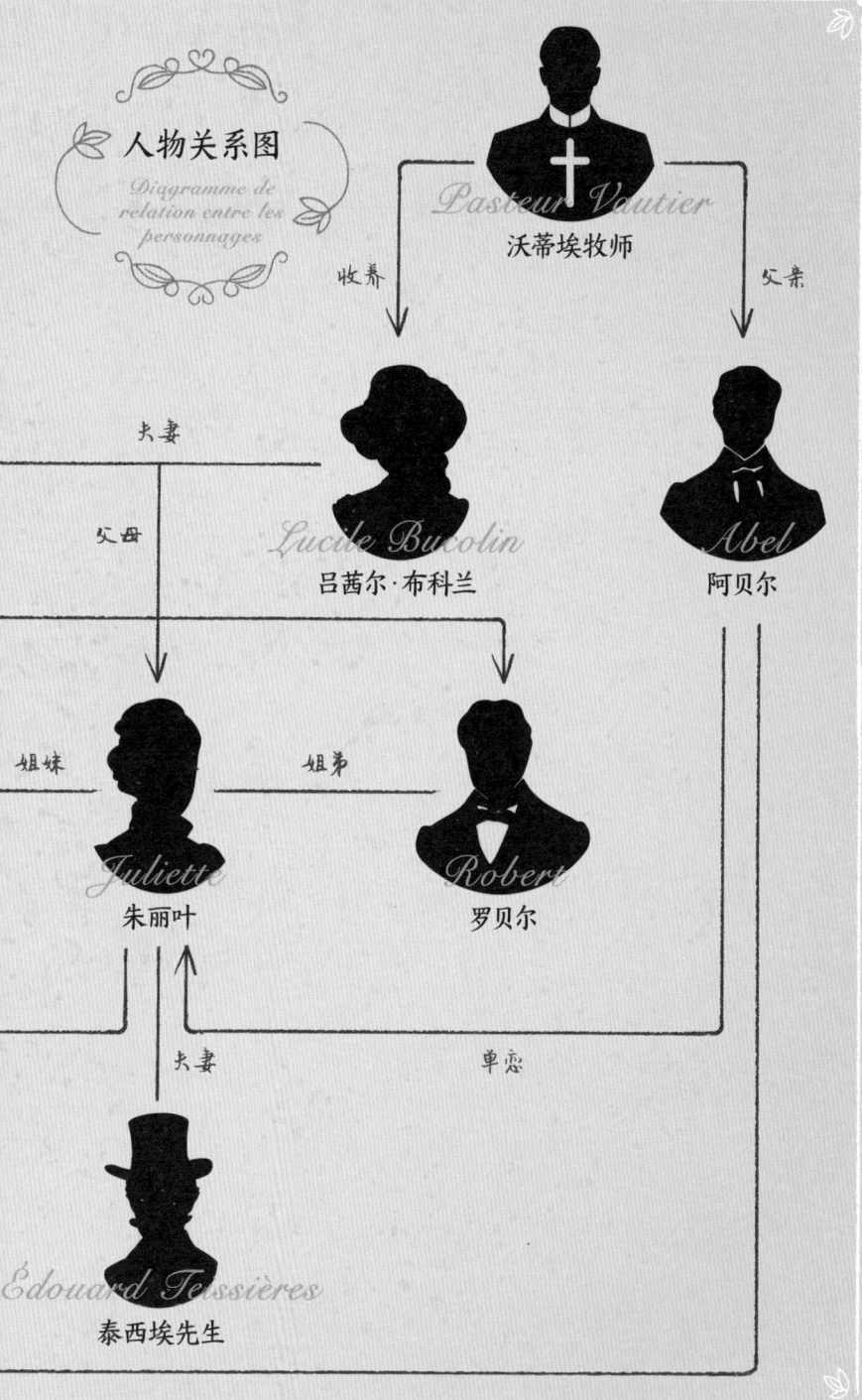

目录

Table Des Matières

第一章	3
第二章	21
第三章	47
第四章	61
第五章	77
第六章	103
第七章	115
第八章	135

窄
门

LA
PORTE
ÉTROITE

第一章

我这里讲的一段经历，别人可能会写成一部书，而我倾尽全力去度过，消磨掉自己的德行，就只能极其简单地记下我的回忆。这些往事有时显得支离破碎，但我绝不想虚构点儿什么来补缀或通连——气力花在涂饰上，这反而会剥夺我讲述时所期望得到的最后的乐趣。

丧父那年我还不满十二岁，母亲觉得在父亲生前行医的勒阿弗尔[①]已无牵挂，便决定带我住到巴黎，好让我以更优异的成绩完成学业。她在卢森堡公园附近租了一个小套间，弗洛拉·阿什布通小姐也搬来同住。这位小姐没有家人了，她当初是我母亲的小学教师，后来陪伴我母亲，不久二人就成了好

---

① 法国北部海滨城市。（本书注释如无特殊说明，均为编者注）

朋友。我就一直生活在这两个女人中间，她们的神情都同样温柔而忧伤，在我的眼中只能穿着丧服。且说有一天，想来该是我父亲去世很久了，我看见母亲便帽上的饰带由黑色换成淡紫色，便惊讶地嚷了一句：

"噢！妈妈！你戴这颜色太难看了！"

第二天，她又换回了黑饰带。

我的体格单弱。母亲和阿什布通小姐百般呵护，生怕我累着，幸亏我确实喜欢学习，她们才没有把我培养成个小懒蛋。一到气候宜人的季节，她们便认为我脸色变得苍白，应当离开城市。因而一进入六月中旬，我们就动身，前往勒阿弗尔郊区的封格斯马尔田庄。舅父布科兰住在那里，每年夏天他都会接待我们。

布科兰家的花园不是很大，也不怎么美观，比起诺曼底其他花园，并没有什么特色。房子是白色三层小楼，类似十九世纪的许多乡居农舍。小楼坐西朝东，对着花园，前后两面各开了二十来扇大窗户，两侧则是死墙。窗户镶着小方块玻璃，有些是新换的，显得特别明亮，而四周的旧玻璃却蒙上黯淡的绿色，有些玻璃还有瑕疵，我们的长辈称之为"气泡"。隔着玻璃看，树木歪七扭八，邮递员经过，身子好似突然隆起个大包。

花园呈长方形，四周砌了围墙。房子前面，一片相当大的草坪由绿荫遮着，周围环绕一条砂石小路。这一侧的围墙矮下来,能望见围着花园的田庄大院,大院的边界也清晰可见,那是按当地规矩修造的一条山毛榉林荫道。

小楼背向的西面,花园则更加宽展。靠南墙有一条花径,由墙下葡萄牙月桂树和几棵大树的厚厚屏障遮护,受不着海风的侵袭。沿北墙也有一条花径,隐没在茂密的树丛里,我的表姐妹管它叫"黑色小道",一到黄昏我们就不敢贸然走过去。顺着两条小径走下几个台阶,便到了花园的延续部分菜园了。菜园边上的那堵围墙开了一个小暗门,墙外有一片矮树林,正是左右两边山毛榉林荫路的交会点。站在西面的台阶上,目光越过矮树林,能望见那片高地,欣赏高地上长的庄稼。目光再移向天边,还能望见不远处小村子的教堂,在暮晚风清的时候,村子几户人家的炊烟缓缓升起。

在晴朗的夏日黄昏,我们吃过饭,便到"下花园"去,出了小暗门,走到能够俯瞰四周景色的一段高起的林荫路。到了那里,舅父、母亲和阿什布通小姐,便在废弃的泥炭岩矿场的草棚旁边坐下。在我们眼前,小山谷雾气弥漫,稍远的树林上空染成金黄色。继而,暮色渐浓,我们在花园里还流连忘返。舅母几乎从不和我们出去散步,我们每次回来,总能看见她待在客厅里……对我们几个孩子来说,晚上的活动就到此为止,不过,我们回到卧室还往往看会儿书,过了一阵就听见大人们也上楼休息了。

一天的时光,除了去花园之外,我们就在学习室里度过。

目光再移向天边，还能望见不远处小村子的教堂，在暮晚风清的时候，村子几户人家的炊烟缓缓升起。

这间屋原是舅父的书房,摆上了几张课桌。我和表弟罗贝尔并排坐着学习,朱丽叶和阿莉莎坐在我们后面。阿莉莎比我大两岁,朱丽叶比我小一岁。我们四人当中,数罗贝尔年龄最小。

我打算在这里写的,并不是我最初的记忆,但是唯有这些记忆同这个故事相关联。可以说,这个故事确实是在父亲去世那年开始的。我天生敏感,加上受到服丧的强烈刺激,抛却我自己的哀伤不说,也许只是目睹母亲的悲伤,就容易产生新的激情,促使我小小年纪就成熟了。那年我们又去封格斯马尔田庄时,我看朱丽叶和罗贝尔就觉得他们更显年幼了,而再见到阿莉莎就猛然明白,我们二人不再是孩子了。

不错,正是父亲去世的那年,我们刚到田庄时,母亲同阿什布通小姐的一次谈话证实我没有记错。两位好友在屋里说话,我不经意闯了进去,听见她们在谈论我的舅母吕茜尔·布科兰。母亲特别气愤,说舅母没有服丧或者已经脱下丧服。(老实说,布科兰舅母穿黑衣裙,同母亲穿浅色衣裙一样,我都难以想象。)我还记得,我们到达的那天,她穿着一件薄纱衣裙。阿什布通小姐一贯是个和事婆,她极力劝解我母亲,还战战兢兢地说:

"不管怎么说,白色也是服丧的颜色嘛。"

"那她搭在肩上的红纱巾呢,您也能将其称为'丧服'吗?弗洛拉,您别气我啦!"我母亲嚷道。

只有在放假的那几个月,我才能见到舅母。无疑是夏天炎热的缘故,我见她总穿着薄薄的衬衫,领口开得很低。我母亲看不惯她披着火红的纱巾,见她袒胸露臂尤为气愤。

吕茜尔·布科兰长得非常漂亮。从我保存的一小幅画像,就能看出她当年的美貌:她显得特别年轻,简直就像她身边两个女儿的姐姐。她按照习惯的姿势侧身坐着,左手托着微倾的头,纤指挨近唇边俏皮地弯曲着。一副粗眼发网,兜住半泻在后颈上的那头卷曲的浓发。衬衫大开领,露出一条宽松的黑丝绒项圈,其上吊着一副意大利镶嵌画饰物。黑丝绒腰带绾了一个飘动的大花结,一顶宽边软草帽由帽带挂在椅背上。这一切都给她平添了几分稚气。她垂下的右手里还拿着一本合拢的书。

吕茜尔·布科兰是克里奥尔人,她没见过,或者很早就失去了父母。我母亲后来告诉我,沃蒂埃牧师夫妇当时还未生养子女,便收养了这个弃女或孤儿。不久,他们举家离开马提尼克岛,带着孩子迁到勒阿弗尔,和布科兰家同住在一个城市,两家人交往便密切起来。我舅父当时在国外一家银行当职员,三年后才回家,一见到小吕茜尔便爱上她,立刻求婚,惹得他父母和我母亲十分伤心。那年吕茜尔十六岁。沃蒂埃太太收养她之后,又生了两个孩子,她发现养女的性情日益古怪,便开始担心会影响亲生的子女;再说家庭收入也微薄……这些全是母亲告诉我的,她是要让我明白,沃蒂埃他们为什么欣然接受她兄弟的求婚。此外我推测,他们也开始特别为长成姑娘的吕茜尔担心了。我相当了解勒阿弗尔的社会风气,不难想象那里的人会以什么态度对待这个十分迷人的姑娘。后来我认识了沃蒂埃牧师，觉得他为人和善，既勤谨又天真，毫无办法对付阴谋诡计，面对邪恶更是束手无策——这个大好人当时肯定陷入困境了。至于沃蒂埃太太，我就无从说起了。她生第四胎时因难产去世了，而这个孩子与我年龄相仿，后来还成了我的好友。

吕茜尔·布科兰极少进入我们的生活圈子。午饭过后，她才从卧室姗姗下来，随即又躺在长沙发床或吊床上，直到傍晚才懒洋洋地站起来。她时常在额头上搭一块手帕，仿佛要拭汗，实则一点晶莹的汗气也没有。那手帕非常精美，还散发出一种近似果香的芬芳，令我赞叹不已。她腰间的表链上挂着很多小物件，她时常取出一面带光滑银盖的小镜子，照照自己，用手指在嘴唇上沾点唾液润润眼角。她总是拿着一本书，但是书几乎总是合着，中间插了一个角质书签。有人走近时，她也不会从遐想中收回心思看人一眼。从她那不经意或疲倦的手中，从沙发的扶手或从衣裙的纹褶上，还往往掉下一方手帕，或者一本书，或者一朵花，或者一枚书签。有一天——我这里讲的还是童年的记忆——我拾起书，发现是一本诗集，不禁红了脸。

吃罢晚饭，吕茜尔·布科兰并不到家人围坐的桌子旁，而是坐到钢琴前，得意地弹奏肖邦的慢板[①]《玛祖卡舞曲》，有时节奏戛然中断，停在一个和音上……

[①] 慢板，音乐术语，速度是每分钟52拍，常见于交响曲或协奏曲的第二乐章。

我在舅母跟前总感到特别不自在，产生一种又爱慕又恐惧的感情骚动。也许本能在暗暗提醒我防备她；再者，我觉出她蔑视弗洛拉·阿什布通和我母亲，也觉出阿什布通小姐怕她，而我母亲不喜欢她。

吕茜尔·布科兰，我不想再怨恨您了，还是暂且忘掉您对我造成了多大伤害……至少我要尽量心平气和地谈论您。

不是这年夏天，就是第二年夏天——因为背景环境总是相同，我的记忆相重叠，有时就难免混淆——有一次，我进客厅找一本书，见她在里面，就想马上退出来，不料她却叫住我，而平时她对我好像视而不见：

"干吗急忙就走哇？杰罗姆！难道你见我就害怕吗？"

我只好走过去，而心却怦怦直跳。我尽量冲她微笑，把手伸给她。她一只手握住我的手，另一只手则抚摸我的脸蛋儿。

"我可怜的孩子，你母亲给你穿得真不像样！……"

她说着，就开始揉搓我穿着的大翻领水兵服。

"水兵服的领口要大大地敞开！"

她边说边扯掉衣服上的一个纽扣。

"喏！瞧瞧你这样是不是好看多啦！"

她又拿起小镜子，让我的脸贴在她的脸上，还用赤裸的手臂搂住我脖子，手探进我半敞开的衣服里，笑着问我怕不怕痒，同时手还继续往下摸……我突然一跳，猛地挣开，衣服都扯破了。我的脸火烧火燎，只听她嚷了一句：

"呸！一个大傻帽儿！"

我逃开了，一直跑到花园深处，在浇菜的小水池里浸湿手帕，捂在脑门儿上，接着又洗又搓，将脸蛋儿、脖子以及被这女人摸过的部位全擦洗一遍。

有些日子，吕茜尔·布科兰会"犯病"，而且突然发作，闹得全家鸡犬不宁。碰到这种情况，阿什布通小姐就赶紧领孩子去干别的事。然而，谁也捂不住，可怕的叫喊从卧室或客厅传来，传到孩子们的耳朵里。我舅父慌作一团，只听他在走廊里奔跑，一会儿找毛巾，一会儿取花露水，一会儿又要乙醚①。到吃饭的时候，舅母还不露面，舅父焦虑不安，样子老了许多。

发病差不多过去之后，吕茜尔·布科兰就把孩子叫到身边，她只叫罗贝尔和朱丽叶，从不叫阿莉莎。每逢这种可悲的日子，阿莉莎就闭门不出，舅父有时去看看她，父女俩时常谈心。

舅母这样发作，也把仆人们吓坏了。有一天晚上，病情格外严重。当时我正在母亲的房间，听不大清客厅里发生的事情，只听厨娘在走廊里边跑边嚷：

"快叫先生下来呀，可怜的太太要死啦！"

我舅父当时正在楼上阿莉莎的房间，我母亲出去迎他。一刻钟之后，他们俩从敞着的窗前经过，没有注意我在屋里，母

---

① 乙醚，一种麻醉药品，无色，具高度挥发性。

亲的话传到我耳中：

"要我告诉你吗，朋友，这样闹，就是做戏给人看。"她还一字一顿重复好几遍，"做——戏——给——人——看。"

这情况发生在暑假快结束的时候，父亲去世有两年了。后来我很久没有再见到舅母。一个可悲的事件把全家搅得天翻地覆，而在这种结局之前不久还发生一件小事，促使我对吕茜尔·布科兰的复杂而模糊的感情，一下子转化为纯粹的仇恨了。不过，在讲述这些情况之前，我也该谈一谈我的表姐了。

阿莉莎·布科兰长得很美，只是当时我还没有觉察到。她别有一种魅力，而不是单纯的美貌吸引我留在她身边。自不待言，她长得很像她母亲，但是她的眼神却不同，因此很久以后，我才发觉她们母女俩这种相似的长相。她那张脸我描绘不出了，五官轮廓，甚至连眼睛的颜色都记不清了，只记得她微笑时呈现的近乎忧郁的神情，以及眼睛上方挑得特别高的两道弯眉，那种大弯眉的线条，我在哪儿也未见过……不，见也见过，是在但丁时期的一尊佛罗伦萨小雕像上，在我的想象中，贝雅特丽奇[①]小时候，自然也有这样高耸的弓眉。这种眉毛给她的眼神乃至整个人，平添了一种又多虑探询又信赖的表情——是的，一种热烈探询的表情。她身上的每个部位，都完全化为疑问和期待……我会告诉您，这种探询如何抓住我，如

[①]《神曲》中接替维吉尔成为但丁向导的少女，名字与原型均取自但丁的心上人。

何安排了我的生活。

看上去，也许朱丽叶更漂亮，她身上焕发着健康和欢乐的神采。然而，比起姐姐的优雅深致来，她的美就显得过于外露，似乎谁都能一览无遗。至于我表弟罗贝尔，还没有什么独特的地方，无非是个我这年龄的普通男孩。我同朱丽叶和罗贝尔在一起玩耍，同阿莉莎在一起却是交谈。阿莉莎不怎么参加我们的游戏，不管我怎么往前追溯，她在我的记忆中总是那么严肃，一副微笑而若有所思的样子。——我们俩谈些什么呢？两个孩子在一起，又能谈什么呢？我很快就会向您说明，不过，我还是先讲完我舅母的事儿，免得以后再提及她了。

那是父亲去世之后两年，我和母亲去勒阿弗尔过复活节，由于布科兰家在城里的住宅较小，我们没有去住，而是住到母亲的一位姐姐家。我姨妈家的房子宽敞，她名字叫普朗蒂埃，孀居多年，我难得见到她，也不怎么认识她的子女，他们比我大得多，性情差异也很大。照勒阿弗尔的说法，"普朗蒂埃公馆"并不在市内，而是坐落在俯临全城的、人称"海滨"的半山腰上。而布科兰家临近商业区，走一条陡峭的小路，能从一家很快到另一家，我每天上坡下坡要跑好几趟。

且说那一天，我是在舅父家吃的午饭。饭后不大工夫，他就要出门。我陪他一直走到他的办公室，然后又上山去普朗蒂埃家找我母亲。到了那儿我才听说，母亲和姨妈出去了，直到晚饭时才能返回。于是，我立即又下山，回到我很少有机会闲逛的市区，走到因海雾而显得阴暗的港口，在码头上溜达了一两个小时。我突然萌生一种欲望，要出其不意，再去瞧瞧刚分手的阿莉莎……我跑步穿过市区，按响布科兰家的门铃，门一打开就往楼上冲，却被女仆拦住了：

"别上楼，杰罗姆先生！别上楼，太太正犯病呢。"

我却不予理睬："我又不是来看舅妈的……"阿莉莎的房间在三楼。一楼是客厅和餐室，舅母的房间在二楼，里面有说话声。我必须从她的房门经过，而门大敞着，从里边射出一道光线，将楼道隔成明暗两部分。我怕被人瞧见，犹豫片刻，便闪身到暗处，一见房中的景象就惊呆了：窗帘全拉上了，两个枝形大烛台上的蜡烛的光亮增添一种喜兴，舅母躺在屋子中央的长椅上，脚下有罗贝尔和朱丽叶，身后站着一个身穿中尉军服的陌生青年。今天看来，拉两个孩子在场实在恶劣，但当时我太天真，还觉得尽可放心呢。

她们笑着注视那陌生人，听他以悠扬的声调反复说：

"布科兰！布科兰！……我若是有一只绵羊，就肯定叫它布科兰。"

我舅母咯咯大笑。我看见她递给那青年一支香烟，那青年点着烟，她接过来吸了几口，便扔到地上，那青年扑上去要拾起来，假装绊到一条披巾上，一下子跪倒在我舅母面前……这种做戏的场面很可笑，我趁机溜过去，没有让人瞧见。

来到阿莉莎的房门口，我停了片刻，听见楼下的说笑声传上来。我敲了敲门，听听没有回应，大概是敲门声让楼下的说笑声盖住了。我便推了一下,房门无声无息地开了。屋子已经很暗了,一时看不清阿莉莎在哪儿。原来她跪在床头,背对着透进一缕落日余晖的窗子。我走近时,她扭过头来,但是没有站起身,只是咕哝一句:"噢!杰罗姆,你又回来干什么?"

我俯下身去吻她,只见她泪流满面……

这一刹那便决定了我的一生,至今回想起来,心里仍然惶恐。当时对于阿莉莎痛苦的缘由,我当然还不十分了解,但是已经强烈感到如此巨大的痛苦,这颗颤抖的幼小心灵,这个哭泣抽动的单弱身体,是根本承受不了的。

我站在始终跪着的阿莉莎身旁,不知道该如何表述我心中刚刚萌发的激情,只是把她的头紧紧搂在我胸口,嘴唇贴在她的额头上,以便倾注我的灵魂。我陶醉在爱情和怜悯之中,陶醉在激情、奉献和美德的混杂而模糊的萌动中,竭尽全力呼唤上帝,甘愿放弃自己的任何生活目标,要用一生来保护这个女孩免遭恐惧、邪恶和生活的侵害。我心里充满祈祷,最后也跪下,让她躲进我的怀抱,还隐隐约约听她说道:"杰罗姆!他们没有瞧见你,对不对?噢!快点儿走吧!千万别让他们看到你。"

继而,她的声音压得更低:"杰罗姆,不要告诉任何人……可怜的爸爸还什么也不知道……"

我对母亲只字未提,然而我也注意到,普朗蒂埃姨妈总和母亲嘀嘀咕咕,没完没了,两个女人神秘兮兮的样子,显得又匆忙又难过,每次密谈见我靠近,就打发我走开:"孩子,到一

　　当时对于阿莉莎痛苦的缘由，我当然还不十分了解，但是已经强烈感到如此巨大的痛苦，这颗颤抖的幼小心灵，这个哭泣抽动的单弱身体，是根本承受不了的。

边玩去!"这一切向我表明,布科兰的家庭隐私,她们并不是一无所知。

我们刚回到巴黎,就接到要母亲回勒阿弗尔的电报——舅母私奔了。

"同一个人跑的吗?"我问留下照看我的阿什布通小姐。

"孩子,这事儿以后问你母亲吧,我回答不上什么来。"家里的这位老朋友说道。出了这种事,她也深感惊诧。

过了两天,我们二人动身去见母亲。那是个星期六,第二天我就能在教堂见到表姐妹了,心思全放在这事上。我这孩子的头脑,特别看重我们重逢的这种圣化①。归根结底,我并不关心舅母的事儿,而且顾忌面子,我也绝不问母亲。

那天早晨,小教堂里的人不多,沃蒂埃牧师显然是有意宣讲基督的这句话:"你们尽力从这窄门进来吧。"

阿莉莎隔着几个座位,坐在我前面,只能看见她的侧脸。我目不转睛地注视她,完全忘记了自己,就连笃诚地聆听到的话语,也仿佛是通过她传给我的。舅父坐在母亲旁边哭泣。

牧师先将这一节念了一遍:"你们尽力从这窄门进来吧,因为宽门和宽路通向地狱,进去的人很多;然而,窄门和窄路,却通向永生,只有少数人才找得到。"接着,他分段阐明这个主题,首先谈谈宽路……我神游体外,仿佛在梦中,又看见了舅母的房间,看见她躺在那里,笑嘻嘻的,那个英俊的军官也

---

① 圣化,即将某物变得神圣,在文中的意思是将重逢这件事看得神圣、重要。

跟着一起笑……嬉笑、欢乐这个概念本身,也化为伤害和侮辱,仿佛变成罪恶的可恶的炫耀!……

"进去的人很多。"沃蒂埃牧师又说道,接着便描绘起来。于是我看见一大群打扮得花枝招展的人欢笑着,闹哄哄向前走去,拉成长长的队列,而我感到自己既不能也不愿跻身其间,因为与他们同行,我每走一步都会远离阿莉莎。——牧师又回到这一节的开头,于是我又看见应当力求进去的那扇窄门。我在梦幻中,看到的窄门好似一台轧机,我费力才挤进去,只觉创巨痛深,但也在其中预先尝到了天福[①]的滋味。继而,这扇门又变成阿莉莎的房门,为了进去,我极力缩小身形,将身上的私心杂念统统排除掉……"因为窄路通向永生……"沃蒂埃牧师继续说道。于是,在一切苦行的尽头,在一切悲伤的尽头,我想象出并预见到另一种快乐,那种纯洁而神秘的天使般的快乐,是我的心灵渴望已久的。我想象那种快乐犹如一首既尖厉又轻柔的小提琴曲,犹如一团要将我和阿莉莎的心烧成灰烬的烈焰。我们二人身上穿着《启示录》中所描述的白衣[②],眼睛注视着同一目标,手拉着手前进……童年的这种梦想,引人发笑又有什么关系!我原原本本复述出来,难免有模糊不清的地方,不能把感情表达得更准确,但也只是措辞和形象不完整的缘故。

[①] 天福,指的是上天所赐之福。
[②] 见《新约·启示录》:"他们要穿白衣与我同行,因为他们是配得过的。"

"只有少数人才找得到。"沃蒂埃牧师最后说道。他还解释如何才能找到窄门……"少数人"——也许我就是其中之一。

布道快结束时,我的精神紧张到了极点,等礼拜一完,我就逃掉了,不打算看看表姐,而这是出于骄傲的心理,要考验自己的决心(决心我已经下了),认为只有立刻远远离去,才更能配得上她。

第二章

　　这种苦行的训诫，在我的心灵产生了共鸣。我天生就有责任感，又有父母作出表率，以清教徒的戒律约束我心灵初萌的激情，这一切终于引导我崇尚人们所说的美德。因此在我看来，我约束自身，同别人放纵自己一样，都是天经地义的。对我的这种严格要求，我非但不憎恶，反而沾沾自喜。我对未来的追求，主要不是幸福本身，而是为赢得幸福所付出的无限努力，可以说在这种追求中，幸福与美德已经合而为一了。当然，我不过是个十四岁的孩子，尚未定型，还可能往不同的方向发展。然而时过不久，我出于对阿莉莎的爱恋，便毅然决然确定了这个方向。这是心灵的一次顿悟，我一下子认识了自己。在此之前，我觉得自己内向自守，发展得不好，虽然充满期望，但是不大关心别人，进取心也不强，仅仅梦想在克制自己这方面赢得胜利。我爱好学习，至于游戏，只喜欢需要动脑筋和费点儿力的。我不大与年龄相仿的同学交往，有时逗趣玩乐，也仅仅出于友情或礼貌。不过，我同阿贝尔·沃蒂埃结下友谊，第二年他转学到巴黎，又入了我那班，成了我的同窗。他是个可爱的男孩，有点儿懒散。我对他主要感到亲热而不是钦佩，我和他在一起，至少可以聊聊我的神思时时飞去的地方：勒阿弗尔和封格斯马尔①。

我表弟罗贝尔·布科兰，作为寄宿生，也在我那所中学学习，但是比我低两级，到了星期天才能见面。他长得不像我的表姐妹，如果不是她们的弟弟，我就根本没有兴趣见他。

当时我的爱占据了我的全部心思，而且正是在这种爱的照耀下，这两个人的友谊在我的心目中才有了重要性。阿莉莎就好比《福音》中所讲的那颗无价珍珠，而我则是变卖全部家产、志在必得的人。不错，我还是个孩子，这样谈论爱情，把我对表姐的感情称作爱情，难道就错了吗？我后来所经历的一切，在我看来没有一样能配得上爱情这种表述。而且，我长到一定年龄，肉体上感受到十分具体的欲念之后，这种感情也没有发生本质的变化。童年时只想配得上，后来我也并不更为直接地寻求占有这个女子。无论努力学习还是助人为乐，我所做的一切都秘密献给阿莉莎，从而发明出一种更为高尚的美德：我只为她所做的事，又往往不让她知道，我就是这样陶醉在一种自迷的谦抑中。唉！不大考虑自己的愉悦，结果养成一种习

---

① 封格斯马尔，是勒阿弗尔的郊区。

惯,绝不满足于毫不费劲的事情。

这种争强好胜,难道只激励我一人吗?我没有觉出阿莉莎有什么反应,她也没有因为我或者为我做任何事,而我的全部努力却只为了她。她的心灵朴实无华,还完全保持最自然的美。她的贞淑那么娴雅裕如,仿佛是自然的流露。就连她那严肃的目光,也因稚气的微笑而富有魅力。我恍若又看见她抬起极其温柔、略带疑问的目光,也就明白舅父在惶惶无主的时候,为什么要到长女身边讨主意,寻求支持和安慰。第二年夏天,我经常看见他们父女交谈。舅父伤心不已,衰老了许多,在餐桌上极少开口,有时突然强颜欢笑,看着比他沉默还要让人难受。他待在书房里一支接着一支吸烟,直到傍晚时分阿莉莎来找他,再三恳求,他才肯出去走走。阿莉莎就像照看孩子似的,带他到花园里。二人沿着花径走下去,到了菜园台阶附近的圆点路口,就坐到事先摆放好的长椅上。

一天傍晚,我迟迟未归,躺在高大的紫红色山毛榉树下的草坪上看书。隔着一排月桂篱笆就是那条花径,能遮住视线,却挡不住说话的声音。忽然,我听见阿莉莎和我舅父的谈话,显然他们刚刚谈过罗贝尔,阿莉莎又提到我的名字,说话声也开始清晰了,只听我舅父高声说:

"哦!他呀,他什么时候都热爱学习。"

我无意中成了窃听者,真想走开,至少有个表示,让他

忽然，我听见阿莉莎和我舅父的谈话，显然他们刚刚谈过罗贝尔，阿莉莎又提到我的名字，说话声也开始清晰了。

们知道我在这儿,可是,怎么表示呢?咳嗽一声?或者喊一嗓子:"我在这儿!我听见你们说话了!"……我到底没有吭声,倒不是受好奇心的驱使想多听点儿,而是由于尴尬和胆怯。再说,他们只是路过,我也只能听到点儿只言片语……可是,他们走得极慢,阿莉莎肯定还像往常那样,挎一只轻巧的篮子,边走边摘下开败的花朵,拾起被海雾催落在果树墙脚下的青果。我听见她清亮的声音:

"爸爸,帕利西埃姑父是个出色的人吗?"

舅父的声音低沉含混,回答的话我没有听清。阿莉莎又追问道:

"你是说很出色,对吗?"

舅父的回答还是特别模糊不清。接着,阿莉莎又问道:

"杰罗姆人挺聪明,对不对?"

我怎么没有竖起耳朵呢?……可是没用,我一点儿也听不清。阿莉莎又说道:

"你认为他能成为一个出色的人吗?"

这回,舅父提高了嗓门:

"可是,孩子,我要首先弄清楚,你是怎么理解'出色'这个词的!有人可能非常出色,表面上却看不出来,至少在世人看来并不出色……在上帝眼里却非常出色。"

"我也正是这么理解的。"阿莉莎说道。

"再说……现在能说得准吗?他还太年轻……对,当然了,他将来会有出息;但是,要有成就,光凭这一点还不够……"

"还需要什么呢？"

"哦，孩子，你叫我怎么说呢？还需要自信、支持、爱情……"

"支持，你指什么？"阿莉莎截口问道。

"感情和尊重，我这辈子就缺少这些。"舅父伤心地回答。接着，他们说话的声音终于消失了。

无意间我偷听了别人的谈话，不禁感到内疚，做晚祷的时候，就拿定主意向表姐认错。也许这次，倒是好奇心在作祟，想多了解点儿情况。

第二天，没等我讲上两句，她就对我说道：

"喏，杰罗姆，这样听别人说话很不好。你应该招呼我们一声，或者走开。"

"我向你保证，我不是存心要听……是无意中听到的……再说，你们只是打那儿经过。"

"我们走得很慢。"

"对，可我听不大清啊，而且不久就听不见你们的说话声了……告诉我，你问需要什么才能有成就，舅父是怎么回答的？"

"杰罗姆，"她笑着说道，"你听得一清二楚，还让我再说一遍，是要逗人玩呀。"

"我向你保证只听见开头……听见他说要有信心和爱情。"

"接着他还说，需要许多其他东西。"

"那你呢，是怎么回答的？"

阿莉莎的神情突然变得非常严肃。

"他谈到生活中要有人支持时，我就回答说你有母亲。"

"嗳！阿莉莎，你完全明白，母亲不能守我一辈子呀……再说，这也不是一码事儿……"

阿莉莎低下头：

"他也是这么回答我的。"

我颤抖着拉起她的手：

"将来无论我成为什么人，只是为了你才肯成为那样子。"

"可是，杰罗姆，我也可能离开你呀。"

我的话则发自肺腑：

"而我，永远也不离开你。"

她微微耸了耸肩：

"你就不能坚强点儿，独自一人走路？我们每人都应当单独到达上帝那里。"

"那得你来给我指路。"

"有基督啊，为什么你还要另找向导呢？我们二人祈祷上帝而彼此相忘，难道不正是相互最接近的时刻吗？"

"是的，让我们相聚，"我打断她的话，"这正是我每天早晚祈求上帝的。"

"难道你还不明白，在上帝那里相交融是怎么回事儿吗？"

"这我心领神会，就是在一件共同崇拜的事物中，欣喜若狂地重又相聚。我觉得正是为了和你重聚，才崇拜我知道你也崇拜的东西。"

"你的崇拜动机一点儿也不纯粹。"

"不要太苛求我了。如果到天上不能与你相聚,我就不管什么天不天了。"

她一根手指按到嘴唇上,神情颇为庄严地说:

"你们首先要寻找天国和天理。"

我们这种对话,我记录时就明显地感到,在那些不懂得一些孩子多么爱用严肃的言辞的人看来,有点儿不像孩子说的。我有什么办法呢?设法辩解吗?既不辩解,也不想通过粉饰而让它显得更加自然一些。

我们早就弄来拉丁文的福音书,大段大段背诵下来。阿莉莎借口辅导弟弟,也早就和我一起学习拉丁文,不过现在想来,她主要是为继续跟踪我的阅读。自不待言,在明知她不会伴随我的情况下,我也不会轻易对一个学科发生兴趣。这一点有时固然会妨害我,但是也并不像人想象的那样,能阻遏我思想的冲动。情况正相反,我倒觉得她什么方面都很自如,走在我前面。不过,我是依据她来选择自己的精神道路的。当时我们满脑子所想的,我们所称作的思想,往往只是某种交融的借口,而这种交融更为巧妙,要超过感情的修饰、爱情的遮掩。

当初,母亲不免担心,她还测量不了这种感情有多深。现在她感到体力渐衰,就喜欢用同样的母爱将我们俩搂抱在一起。她多年患有心脏病,近来发作的次数越来越多了。有一次发病特别厉害,她就把我叫到面前,说道:

"我可怜的孩子,你看见了,我老多了,总有一天会突然抛下你。"

她住了声,喘息非常艰难。我再也忍不住了,高声说出她似乎期待的话:

"妈妈……你也知道,我要娶阿莉莎。"

我的话显然触动了她最隐秘的心事,她马上接口说:

"是啊,我的杰罗姆,我正想跟你谈这件事呢。"

"妈妈!"我哭泣着说,"你认为她爱我,对不对?"

"对,我的孩子。"她温柔地重复了好几遍,"是的,我的孩子。"她又吃力地补充道,"还是由主来安排吧。"

这时,我凑得更近了,她便把手放在我头上,又说道:

"我的两个孩子,愿上帝保佑你们!愿上帝保佑你们俩!"说罢,她又进入昏睡状态,我也就没有设法将她唤醒。

这次谈话再也没有后文了。次日,母亲感觉好一点儿,我又去上学了。知心话说了半截儿就刹住了。况且,我又能多了解什么呢?阿莉莎爱我,对此我一刻也不怀疑。这种疑虑,即使在我心上萌生过,随着不久发生的哀痛事,也就永远冰释了。

我母亲是在一天傍晚安详去世的,临终只有我和阿什布通小姐在身边。最后这次发病夺去了她的生命,开头并不比前几次严重,最后才突然恶化,亲戚们都来不及赶过来。这头一天夜晚,我就和母亲的老友为亲爱的死者守灵。我深深爱我的母亲,可我惊奇地发现,我流泪归流泪,心里并不怎么感到悲伤,主要还是为阿什布通小姐而洒同情之泪,只因她眼看着比她年岁小的朋友先去见上帝了。而我暗想表姐就要来奔丧，这个念头完全盖过了我的哀痛。

舅父第二天就到了，他把女儿的一封信交给我。阿莉莎要晚一天，和普朗蒂埃姨妈一同来。她在信中写道：

杰罗姆：

我的朋友，我的兄弟，我多么遗憾，未能在临终前对她把话说了，好极大地满足她的心愿。现在，但求她宽恕我！但愿从今往后，上帝是我们二人的唯一向导。别了，我可怜的朋友。

你的比任何时候都更加情深的

阿莉莎

这封信意味着什么呢？她遗憾未能讲出来的，究竟是什么话呢？不就是定下我们的终身吗？我还太年轻，不敢急于求婚。况且，难道我还需要她的承诺吗？我们不是已经跟订了婚一样吗？我们相爱，对我们的亲友，这不是什么秘密了。舅父同我母亲一样，都没有阻挠；情况正相反，他已经把我看成他儿子了。

没过几天便是复活节了，我又到勒阿弗尔去度假，住在普朗蒂埃姨妈家，但是每顿饭几乎全在舅父布科兰家吃。

菲莉西·普朗蒂埃姨妈，是世上最和善的女人了，然而，无论我还是表姐妹，跟她都不是十分亲密。她忙忙碌碌，累得上气不接下气。她的动作一点儿也不轻柔，声音一点儿也不悦耳，就连爱抚我们也笨手笨脚，一天也不分个什么时候，总憋不住要亲热一通，而对我们来说，她的亲热未免过火。布科兰舅父很喜欢她，不过一听他对她讲话的语气，我们就不难觉出他更喜欢我母亲。

"我可怜的孩子，"一天晚上她对我说道，"不知道今年夏天你打算干什么，我要先了解你的计划，再决定我自己做什么。我若是能帮你什么忙的话……"

"我还没怎么考虑呢，"我回答说，"看吧，也许去旅行。"

她又说道：

"要知道，我家里，封格斯马尔那边，什么时候都欢迎你。你去那边，你舅父和朱丽叶都会高兴的……"

"您是说阿莉莎吧。"

"可不是嘛！真抱歉……说了你都不会相信，我还以为你爱朱丽叶呢！后来你舅父告诉我了……还不到一个月呢……你也知道，我很爱你们，可又不大了解你们，见面的机会太少啦！……还有，我也不怎么善于观察，没有时间停下来，仔细看一看与我无关的事情。我见你总和朱丽叶一起玩……我就想……她长得那么美，人又特别喜兴。"

"对，现在我还愿意和她一起玩儿，但我爱的是阿莉莎……"

"很好！很好！由你自己……我呢，你也知道，可以说我不了解她；她比她妹妹话少。我想，你挑选她，总是有充分的

31

理由。"

"嗳，姨妈，我并没有经过挑选才爱她。我从来就没考虑过有什么理由……"

"别生气，杰罗姆，我跟你说说，没有恶意……我要跟你说什么来着，都让你给弄忘了……唔！是这样，我想啊，最后当然要结婚了；不过，你还在服丧，现在就订婚，还不大妥当……再说，你年龄也太小……我想过，你母亲不在了，你再一个人去封格斯马尔，就可能引起闲话……"

"说得是啊，姨妈，正因为如此，我才说去旅行。"

"对。我的孩子，这么着吧，我想我要是去那儿，事情就可能方便多了。我安排了一下，今年夏天空出来一段时间。"

"只要我一开口，阿什布通小姐准愿意陪我来。"

"我就知道她会来，但是光有她还不够，我也得去……哦！我没有那种意思，要取代你可怜的母亲。"她补充一句，突然抽噎起来，"我可以管管家务……反正，不会让你、你舅父和阿莉莎感到我碍事。"

菲莉西姨妈估计错了，她认为自己去了怎么怎么好，其实，她只会妨碍我。正如她所宣布的那样，一进入七月份，她就会在封格斯马尔住下。没过几天，我和阿什布通小姐也去了。她借口帮助阿莉莎料理家务，让这个十分清静的住宅回荡着持续不断的喧闹。她为讨我们喜欢而大献殷勤，如她所说"方便事情"，但是殷勤得过分，弄得阿莉莎和我极不自在，在她面前我俩几乎不吭声。她一定觉得我们态度很冷淡……即使我们开口讲话,难道她就能理解我们爱情的性质吗?反之,朱丽叶的性格,就容易适应这种过分的亲热。而我见姨妈偏爱小侄女,不免心生反感,也许就影响了我对姨妈的感情。

一天早晨,姨妈收到一封信,她便把我叫到跟前:

"我可怜的杰罗姆,万分抱歉,我女儿病了,来信叫我。没法子,我得离开你们……"

我满怀毫无必要的顾虑,跑去问舅父,不知道姨妈走了之后,我该不该留在封格斯马尔田庄。可是,我刚一开口,舅父便嚷道:

"我那可怜的姐姐又想出什么花样儿,多么自然的事情也被她搞复杂了。嗳!你为什么要离开我们呢?你不是差不多已经成了我的孩子了吗?"

姨妈在封格斯马尔只住了半个月,她一走就清静了,这种极似幸福的静谧,重又笼罩这所住宅。丧母的哀痛,并没有给我们的爱情蒙上阴影,只仿佛增添几分严肃的色彩。一种日复一日的单调生活开始了,我们恍若置身于音响效果极佳的场所,连心脏的轻微跳动都听得见。

姨妈走后几天,有一次我们在晚餐桌上谈起她——我还记得这样的话:

"真折腾人!"我们说道,"生活的浪涛,怎么可能没有给她的心灵留下一点儿间歇呢?爱心的美丽外表啊,你的映像在这里变成了什么样子?"……我们这样讲,是想起歌德的一句话，他谈论施泰因夫人①时写道："看看世界在她心灵的映像，一定很美妙。"我们当即排起等级来，认为沉思默想的特质才是上乘。舅父一直没有插言，这时苦笑着责备我们：

"孩子们，"他说道，"哪怕自己的影像破碎了，上帝也能认出来。要注意，我们评价人，不能根据一时的表现。我那可怜的姐姐身上，凡是你们讨厌的方面，全都事出有因，而那些事件我非常了解，也就不会像你们这样严厉地批评她。年轻时惹人喜爱的品质，到老年没有不变糟的。你们说菲莉西折腾人，可是在当初，那完全是可爱的激情，本能的冲动，一时忘乎所以，显得特别喜兴……我可以肯定，我们当年和你们今天的样子，没有什么大差异。我那时候就挺像你，杰罗姆，也许比我估计的还要像。菲莉西就像现在的朱丽叶……对，长相也一样……"他又转身，对大女儿说："你说话的一些声调，有时会猛然让我想起她。她也像你这样微笑，也有这种姿势，有时就像你这样闲坐着，臂肘朝前，交叉的手指顶着脑门儿，不过，这种姿势在她身上很快就消失了。"

阿什布通小姐朝我转过身，声音压得相当低：

"看看阿莉莎，就能想起你母亲。"

这年夏天，天空格外晴朗，万物似乎都浸透了碧蓝。我们青春的热忱战胜了痛苦，战胜了死亡，阴影在我们面前退却

---

① 歌德的情人。

了。每天清晨，我都被快乐唤醒，天一亮就起床，冲出去迎接日出……这段时光，每次进入我的遐思，就会沾满露水又在我眼前浮现。朱丽叶比爱熬夜的姐姐起得早，她同我一道去花园。她成为我和她姐姐之间的信使，我没完没了地向她讲述我们的爱情，她好像总也听不厌。我爱得太深，反而变得胆怯而拘谨，有些话不敢当面对阿莉莎讲，就讲给朱丽叶听。这种游戏，阿莉莎似乎听之任之，见我同她妹妹畅谈也似乎很开心，她不知道或者佯装不知道，其实我们只是谈她。

爱情啊，狂热的爱情，你这美妙的矫饰，通过什么秘密途径，竟然把我们从笑引向哭，从极天真的欢乐引向美德的境界！

夏天流逝，多么纯净，又多么滑润，滑过去的时光，今天在我的记忆中几乎没有留下什么痕迹。唯一记得的事件就是谈话，看书……

"我做了一个伤心的梦，"暑假快结束的一天早晨，阿莉莎对我说，"梦见我还活着，你却死了。不，我并没有看着你死，只是有这么回事儿：你已经死了。太可怕了，简直不可能，因此我得出这样的结论：你仅仅外出了。我们天各一方，我感到还是有办法与你相聚。于是我就想法儿，为了想出办法，我付出极大的努力，一急便醒了。

"今天早晨，我觉得自己还在梦中，仿佛还在继续做梦，还觉得和你分离了，还要和你分离很久，很久……"说到这里，她声音压得极低，又补充一句："分离一辈子，而且一辈子

夏天流逝，多么纯净，又多么滑润，滑过去的时光，今天在我的记忆中几乎没有留下什么痕迹。唯一记得的事件就是谈话，看书……

都要付出极大的努力……"

"为什么?"

"每人都一样,必须付出极大的努力,好让我们能团聚。"

她这番话,我没有当真,或者害怕当真。我觉得心跳得厉害,就突然鼓起勇气,仿佛要反驳似的,对她说道:

"我呀,今天早晨也做了个梦,梦见要娶你,要结合得十分牢固,无论什么,无论什么也不能将我们分开——除非死了。"

"你认为死就能将人分开吗?"她又说道。

"我是说……"

"我想恰恰相反,死亡能把人拉近……对,能拉近生前分离的人。"

这些话深深打进我们的内心,说话的声调今天犹然在耳,但是全部的严重性,到后来我才理解。

夏天流逝过去。大部分田地已收完庄稼,光秃秃的,视野之广出人意料。我动身的前一天,不对,是前两天傍晚,我和朱丽叶走下去,到下花园的小树林。

"昨天你给阿莉莎背诵什么来着?"她问我。

"什么时候?"

"就在泥炭石场的长椅上,我们走了,把你们丢下之后……"

"唔!……想必是波德莱尔[①]的几首诗……"

[①] 夏尔·皮埃尔·波德莱尔(1821—1867),法国十九世纪现代派诗人。

"都是哪些诗？你不愿意念给我听听吗？"

"不久我们要沉入冰冷的黑暗……"我不大情愿地背诵道。不料她立刻打断我，用颤抖而变了调的声音接着背诵：

"别了，我们的灿烂夏日多短暂！"①

"怎么！你也熟悉？"我十分惊讶，高声说道，"我还以为你不喜欢诗呢……"

"为什么这样说呢？就因为你没有给我背诵诗吗？"她笑着说道，但是颇有点不自然，"你有时候好像认为我是个十足的笨蛋呢。"

"非常聪明的人，也不见得都喜欢诗嘛。我从来就没有听你念过，你也从来没有要我给你背诵。"

"因为阿莉莎一个人全包揽了……"她停了片刻，又突然说道：

"你后天要走啦？"

"也该走了。"

"今年冬天你打算做什么？"

"上巴黎高师一年级。"

"你想什么时候和阿莉莎结婚？"

"等我服完兵役吧。甚至还得等我稍微确定将来要干什么。"

"你还不知道以后要干什么？"

"我还不想知道。感兴趣的事情太多了，我尽量推迟选择

---

① 这两句诗引自波德莱尔《恶之花》中的《秋歌》。

的时间,一经确定就只能干那一件事儿了。"

"你推迟订婚,也是怕确定吗?"

我耸耸肩膀,未予回答。她又追问道:

"那么,你们不订婚还等什么呢?你们为什么不马上订婚呢?"

"为什么一定要订婚呢?我们知道彼此属于对方,将来也如此,这还不够吗,何必通知所有人呢?如果说我情愿将一生献给她,那么我用许诺拴住我的爱情,你认为就更美好吗?我可不这么想。发誓愿,对爱情似乎是一种侮辱……只有在我信不过她的情况下,我才渴望同她订婚。

"我信不过的可不是她……"

我们俩走得很慢,不觉走到花园的圆点路——正是在这里,我无意中听到了阿莉莎和她父亲的谈话。我忽然萌生一个念头:刚才我看见阿莉莎到花园来了,坐在圆点路,也能听到我们的谈话,何不让她听听我不敢当面对她讲的话。这种可能性立刻把我抓住了,这样做戏我很开心,于是提高嗓门:

"唉!"我高声说道,显出我这年龄稍嫌夸张的激情,而且十分专注自己说的话,竟然听不出朱丽叶的话外之音……"唉!我们若能俯向我们心爱之人的心灵,就像对着镜子一样,看看映出我们的是一副什么形象,那该有多好啊!从别人身上看自己,好比从自身看自己,甚至看得还要更清楚。在这种温情中多么宁静!在这种爱情中多么纯洁!"

我忽然萌生一个念头：刚才我看见阿莉莎到花园来了，坐在圆点路，也能听到我们的谈话，何不让她听听我不敢当面对她讲的话。

我还自鸣得意,认为我这种蹩脚的抒情搅乱了朱丽叶的方寸,只见她突然把头埋在我的肩头:

"杰罗姆!杰罗姆!我希望确信你能使她幸福!如果她也因为你而痛苦,那么我想我就要憎恶你。"

"嗳!朱丽叶,"我高声说道,同时吻了她一下她的额头,"那样我也要憎恶自己。你哪儿知道!……其实,正是为了同她更好地开始我们的生活,我才迟迟不肯决定从事什么职业!其实,我的整个未来悬着,全看她的啦!其实,没有她,将来无论成为什么人,我都不愿意……"

"你跟她谈这些的时候,她怎么说呢?"

"可是,我从来不跟她谈这些!从来不谈。也正因为如此,我们到现在还没有订婚。我们之间,从来不会提结婚的事,也不会谈我们婚后如何如何。朱丽叶啊!在我看来,跟她一起生活简直太美了,我还真不敢……这你明白吗?我还真不敢跟她说这些。"

"你是要给她来个意外惊喜呀。"

"不是!不是这么回事儿。其实我害怕……怕吓着她,你明白吗?……怕我隐约望见的巨大幸福,别把她吓坏了!……有一天我问她想不想旅行,她却回答说什么也不想,只要知道有那种地方,而且很美,别人能够前往,这就足够了……"

"你呢,杰罗姆,你渴望去旅行吗?"

"哪儿都想去!在我看来,一生就像长途旅行——和她一道,穿过书籍,穿过人群,穿过各地……起锚,你明白这词的意思吗？"

"明白！这事儿我经常想。"朱丽叶喃喃说道。

然而我听而不闻，让她这话像受伤的可怜小鸟跌落到地上，我接着又说：

"连夜启程，醒来一看，已是霞光满天，感到两个人在变幻莫测的波涛上漂荡……"

"然后，就抵达小时候在地图上见过的一个港口，觉得一切都是陌生的……我想象得出，你由阿莉莎挽着手臂，从舷梯下船。"

"我们飞快跑到邮局，"我笑着补充一句，"去取朱丽叶写给我们的信……"

"……是从封格斯马尔寄出的，她会一直留在那儿，而你们会觉得，封格斯马尔多么小，多么凄凉，又多么遥远……"

她确实是这么讲的吗？我不能肯定，因为，我也说了，我的爱情占据了我的全部心思，除了这种爱的表述，我几乎听不见别种声音。

我们走到圆点路附近，正要掉头往回走，忽见阿莉莎从暗处钻出来。她脸色十分苍白，朱丽叶见了不禁惊叫起来。

"不错，我是感觉不太舒服，"阿莉莎结结巴巴赶紧说，"外面有点儿凉。看来我最好还是回去。"她话音未落，就离开我们，快步朝小楼走去。

"她听见我们说的话了。"等阿莉莎走远一点儿，朱丽叶高声说道。

"可是,我们并没有讲什么令她难过的话呀。恰恰相反……"

"放开我。"她说了一声,便跑去追赶姐姐。

这一夜我睡不着了。阿莉莎只在吃晚饭时露了一面,便说头痛,随即又回房间了。她都听见我们说了什么吗?我惴惴不安,回想我们说过的话。继而我想到,我散步也许不该紧挨着朱丽叶,不该用手臂搂着她,然而,这是孩童时就养成的习惯啊,而且阿莉莎何止一次看见我们这样散步。嘿!我真是个可怜的瞎子,只顾摸索寻找自己的过错,居然连想也没有想朱丽叶说过的话。她的话我没有注意听,也记不大起来了,也许阿莉莎听得更明白。管它是什么缘由!我忐忑不安,一时乱了方寸,一想到阿莉莎可能对我产生怀疑,便慌了手脚,决心克服自己的顾虑和恐惧,第二天就订婚,也不想一想会有别的什么危险,更不顾我对朱丽叶可能说过什么话,也许正是她那关于订婚的话影响了我。

这是我离开的前一天。她那样忧伤,我想可以归咎于此吧。看得出来她在躲避我。整个白天过去,我一直没有单独同她见面的机会,真担心该说的话没有对她说就得走了,于是在快要吃晚饭的时候,我径直去她房间找她。她背对着房门,抬着两只手臂,正往颈上系一条珊瑚项链,面前的镜子两侧,各燃着一支蜡烛。她微微探着身子,注视肩头上面,先是在镜子

继而我想到，我散步也许不该紧挨着朱丽叶，不该用手臂搂着她，然而，这是孩童时就养成的习惯啊，而且阿莉莎何止一次看见我们这样散步。

里看见我，持续注视我半晌，但没有转过身来。

"咦！我的房门没有关上吗？"她说道。

"我敲过门，你没有应声，阿莉莎，你知道我明天就走吧？"

阿莉莎一句话也没有回答，只是把没有扣上的项链放到壁炉上。"订婚"一词，我觉得太直露、太唐突了，不知道临时怎么绕弯子说出来。阿莉莎一明白我的意思，就仿佛站立不稳，便靠到壁炉上……然而，我本人也抖得厉害，根本不敢抬头看她。

我站在她身边，没有抬起眼睛，但拉住她的手。她没有把手抽回去，只是脸朝下倾一倾，稍稍抬起我的手吻了一下。她半偎在我身上，轻声说道：

"不，杰罗姆，不，咱们还是不要订婚吧，求求你了……"

我的心怦怦狂跳，我想她一定能感觉到。她声音更加温柔，说道："不，现在还不要……"

"为什么？"

"我正该问你呢，为什么？为什么要改主意呢？"

我不敢向她提昨天那次谈话，但是她定睛看着我，一定觉出我在往那儿想，就好像干脆回答我的想法：

"你搞错了，朋友，我并不需要齐天的洪福。咱们现在这样不是也挺幸福吗？"

我想笑笑，却没有笑出来："不幸福，因为我就要离开你。"

"听我说，杰罗姆，今天晚上这会儿，我不能同你谈什么……咱们最后这时刻,别扫了兴……不,不。我还像往常一样爱你,放心吧。我会给你写信的,并且向你解释。我保证给你写信,明天就写……你一走就写……现在,你走吧!瞧,我都流泪了……让我一个人待会儿。"

她轻轻推我,把我从她身旁推开。这就是我们的告别,因为到了晚上,我就再也未能同她说上什么话,而次日我动身的时候,她还在房间里。我看见她站在窗口,向我挥手告别,目送我乘坐的车子驶远。

第三章

这一年光景,我差不多未能见到阿贝尔·沃蒂埃。他提前入伍服兵役,而我则重读修辞班,准备拿学士学位。今年我和阿贝尔同入巴黎高师①,我比他小两岁,可以等毕业之后再去服兵役。

我们俩这次重逢,都非常高兴。他离开部队之后,又旅行了一个多月,我真怕见了面发现他变了。但再见时他往日的魅力丝毫未减,只是增加了几分自信。开学的前一天下午,我们是在卢森堡公园度过的。我的心事当然憋不住,对他谈了许久,况且他原也了解我的恋情。这一年当中,他同一些女人有过交往,不免有点优越感,摆出一副自命不凡的神气,对此我倒毫不介意。他笑话我不善于决断,照他所说的原则,绝不能

---

① 全称为巴黎高等师范学院,是法国著名的高等学府。

让女人冷静下来。由他说去,我心想他这套高论对我对阿莉莎都不适用,这表明他对我们还不十分了解。

我回到巴黎的次日,便收到这封信:

亲爱的杰罗姆:

对于你提议的事(也是我提议的事!就这样称呼我们的订婚吧!),我思考再三,恐怕我年龄太大,对你不合适。现在也许你还不觉得,因为你还没有机会看到别的女人,然而我却想到,我嫁给你之后,万一看出失去你的欢心,那会感到多么痛苦。你读我这封信,一定非常气愤,我仿佛听见你的抗辩之声了。不过,我还是请你再等一等,等你涉世稍深的时候再说。

要明白,我讲这些只为了你好,至于我,深信永远也不会停止爱你。

阿莉莎

我们停止相爱!怎么可能有这种事!——我感到伤心,更感到奇怪,一时心乱如麻,立刻跑去,让阿贝尔看看这封信。

他摇着头看完信,从紧闭的嘴唇中迸出一句:"既然如此,你打算怎么办呢?"他见我双臂举起,满脸疑惑和苦恼,便又说道:"至少我希望你别回信。一旦同一个女人争论起来,那就完蛋了……听我说,我们星期六就住在勒阿弗尔,星期日一早就可以去封格斯马尔,星期一早上赶回来上第一节课。我服兵役之后,还没有见过你那些亲戚呢。有这个借口就足够了,也挺体面的。如果阿莉莎看出来这是个借口,那就再好不过了!朱丽叶由我来照看,你就去跟她姐姐谈。你千万别耍小孩子脾气……老实说,你这爱情里面,总有点什么我弄不大明白。大概你没有全告诉我……无所谓!我会搞清楚的……我们去的事,千万不要通知,要出其不意,让你表姐来不及戒备。"

我推开花园的栅栏门,只觉心怦怦狂跳。朱丽叶立刻跑来迎接我们。阿莉莎正在收拾内衣和床上用品,没有急于下楼。我们在客厅里,同舅父和阿什布通小姐聊天,阿莉莎终于进来了。如果说我们的突然到来会使她心慌意乱,可是她至少没有流露出一丝一毫。我自然想到阿贝尔对我说的话,她迟迟不露面,肯定要准备好对付我。朱丽叶异常活跃,相比之下,阿莉莎的矜持态度就显得太冷淡了。我觉出来,她不赞成我去而复返,至少摆出一副不以为然的神态;而在这种态度的后面,我实在不敢期望隐藏着多么强烈的感情。她坐到靠窗的一个角落,离我们挺远,仿佛在聚精会神地做一件刺绣活儿,嘴唇还翕动着计数针脚。阿贝尔在讲话,幸而有他!我连开口说话的勇气都没有了,要不是他讲述一年服兵役的情景和旅游见闻,那么这次重聚的开头一段时间,就会非常沉闷了。舅父本人也显得忧心忡忡。

刚吃过午饭,朱丽叶就把我叫到一边,又拉我去花园。

"想得到吗，有人向我求婚啦！"我们一到没人的地方，她就高声说道，"菲莉西姑妈昨天给爸爸写信来，说是尼姆的一个葡萄园主想攀亲。据姑妈说，他那人非常好，今年春天在社交场合，他遇见我几次，就爱上我了。"

"那位先生，你注意到了吗？"我问道，语气中含着对求婚者的不由自主的敌意。

"注意到了，一看就知道是什么人。是个好性儿的唐吉诃德式人物，没有文化，长得很丑，非常俗气，姑妈一见他就憋不住笑。"

"那么，他有……希望吗？"我又以揶揄的口气问道。

"瞧你，杰罗姆！开什么玩笑！一个经商的！……你若是见过他，就不会这样问了。"

"那……舅父是怎么答复人家的？"

"跟我的答复一样，我年龄还太小，不能结婚……倒霉的是，"她又笑着补充道："姑妈料到了这种答复，还在附言上说明一句：爱德华·泰西埃尔先生——他的名字，他同意等我，早早提出来，是为了'排上号'……荒唐至极。可是，我有什么办法呢？我总不能让人转告，说他长得太丑吧！"

"当然不能，只能说你不愿意嫁给一个葡萄园主。"

她耸了耸肩膀：

"这种理由，在姑妈脑子里可站不住脚……不说这个了。阿莉莎给你写信啦？"

她说起话来滔滔不绝，显得非常冲动。我把阿莉莎的信递

给她,她看了就满面通红,在我听来似乎含着恼怒问我:

"那么,你怎么办呢?"

"我也不知道了,"我回答,"现在我来了,却又感到还不如写信好说些,我已经责备自己不该来。你明白她是什么意思吗?"

"明白,她要给你自由。"

"给我自由,难道我看重自由吗?你明白她为什么给我写这些吗?"

她回答一声:"不知道。"语气十分冷淡,我听了虽然还猜不出真相,但至少立即确信朱丽叶也许不是不知情。——我们走到花径的拐弯处,她身子突然一转,说道:

"你现在走吧,反正你不是来同我谈话的。咱们在一起的时间已经太久了。"

她逃开了,朝小楼跑去。过了一会儿,我就听见她弹起钢琴。

等我回到客厅时,她还在弹琴,但无精打采的,仿佛随意地即兴弹奏,同时跟去找她的阿贝尔闲聊。我又转身离去,到花园游荡许久,寻找阿莉莎。

她在果园里,正采摘在墙脚下初放的菊花,花香和山毛榉树枯叶的芬芳相混杂。空气中弥漫着秋意。阳光只有照在几排靠墙的果树上,才显出几分暖意,不过东半边的天空格外纯净。她的脸几乎让大帽子全遮住了，那顶泽兰[①]的帽子是阿贝尔旅游时给她带回来的，她立即就戴上了。我走近时，她没有立即回过身，但是禁不住微微抖了一下，表明她听出了我的脚步声。我已经全身绷紧，鼓起勇气面对她的责备，以及她要射向我的严厉的目光。然而，我快要走到跟前时，好像胆怯了，又放慢了脚步。而她呢，一开始也不回身看我，还低着头，好似赌气的孩子，不过背冲着我伸出握满鲜花的手，仿佛示意要我过去。我一见招呼的手势，反而站住了，就觉得好玩似的。她终于回过头，朝我走了几步，抬起那张脸，我方始看见她满面笑容。她的目光照亮一切，我忽又觉得什么都那么简单，那么容易，毫不费劲就开了口，声调极其正常：

"是你的信招我回来的。"

"这我想到了，"她说道，接着便用婉转的声音冲淡严厉的责备，"我就是生这个气。你为什么曲解我的话呢？当时说得很清楚呀……（现在看来，愁苦和困难，果然都是胡思乱想出来的，完全是我头脑的产物。）我跟你说得明明白白，咱们这样很幸福，你要改变，我拒绝了，你又何必大惊小怪呢？"

的确，我在她身边感到很幸福，十分幸福，因而我的思想也要同她的思想完全吻合。我不再奢望什么，除了她的微笑，只要像这样，同她手拉着手在暖融融的花径上散步，就心满意足了。

[①] 荷兰地名。

我不再奢望什么，除了她的微笑，只要像这样，同她手拉着手在暖融融的花径上散步，就心满意足了。

其他任何希望，一下子全打消了，我完全沉浸在眼前的美满幸福中，一本正经地对她说道："如果你认为这样好，咱俩就不订婚了。我收到你的信时，便恍然大悟，自己确实是幸福的人，但又要失去幸福了。唔！将我原来的幸福还给我吧，我已经离不开了。我爱你就是爱你，等一辈子也愿意。不过，阿莉莎，最让我受不了的念头，就是你不再爱我，或者怀疑我的爱情。"

"唉！杰罗姆，我无法怀疑了。"

她对我说这话的声音，既平静又伤悲。然而，她那微笑焕发光彩，呈现出无比恬静的美，我见了不免惭愧，自己不该这样多心和争辩。我还当即觉得，从她声音深处听出的隐隐伤悲，也是由这种多心和争辩引起的。话锋一转，我又谈起自己的计划、学习，以及可望大有收益的这种新型生活。巴黎高师还不像近年这样子，那时鼓励勤奋学习，只有懒学生和笨学生，才会感到比较严格的纪律的压力。我倒喜欢这种修道院式的生活习惯，与外界隔绝，况且，社交界对我也没有什么吸引力，只要阿莉莎害怕，在我眼里就立刻变得可憎了。在巴黎，阿什布通小姐还保留她和我母亲同住的那套房间。阿贝尔和我在巴黎，只有她这么一个熟人，每逢星期天，我们都要去她那儿坐几小时。这一天，我都要给阿莉莎写信，好让她完全了解我的生活。

我们坐到敞开的窗框上，只见黄瓜粗大的藤蔓爬出来，最后一茬黄瓜已经摘掉了。阿莉莎听我讲，还问我一些事儿。我还从未感到她如此温柔而专注，如此殷切而情深。担心，忧虑，甚至极轻微的躁动，都在她的微笑中涣然冰释，都在这种迷人的亲热中化为乌有，犹如雾气消散在清澈的蓝天中一样。

我们坐在山毛榉小树林的长椅上，过了一会儿，朱丽叶和阿贝尔也来了。下午的晚半晌，我们又重读斯温伯恩[①]的诗：《时间的胜利》，每人一节节轮流读，直到夜幕降临。

"好了！"在我们动身的时候，阿莉莎拥抱我，半打趣地说，"现在答应我，从今往后，再也不要这样胡思乱想了。"她摆出一副大姐姐的样子，这也许是我行事莽撞使然，也许是她喜欢如此。

"怎么样！订婚了吧？"我们刚重又单独在一起，阿贝尔就问我。

"亲爱的，这事儿不用再提了。"我答道，随即又以不容置疑的口气补充一句："这样更好。今天晚上，我比什么时候都更幸福。"

"我也一样。"他突然搂住我的脖子，高声说道，"我要告诉你一件事儿，非常美妙，异乎寻常！我狂热地爱上了朱丽叶！去年我就有所觉察，不过后来，我到外面去闯荡了，在这次重新见你的表姐妹之前，我还不愿意向你透露。现在呢，定

[①] 阿尔加侬·查尔斯·斯温伯恩（1837—1909），英国诗人、剧作家和文学评论家。

了,我这辈子有着落了。

"我爱,岂止爱,对朱丽叶是崇拜!"

"我早就觉得,对你像连襟①一样亲热……"

阿贝尔又笑又闹,紧紧地拥抱我,还像孩子一样,在我们回巴黎的火车座位上打滚。听他这样坦陈爱情,我惊呆了,也感到有点儿别扭,只觉得他的表白中有文学渲染的成分。然而,这样的激情和欢乐,又有什么办法抵制呢?……

"这么说,你已经表白爱情啦?"在他闹腾中间,我终于插言问道。

"还没有!还没有!"他高声答道,"我不想匆忙翻过这事的最迷人的一章。

"爱情最美好的时刻,并不是说出:我爱你……②

"嘿!你这慢工夫大师,你不会责怪我吧。"

"说到底,"我有点儿恼火,又说道,"你认为她那方面,也……"

"她这次又见到我时有多慌乱,你没有注意到吗?这次拜访自始至终,她是那么激动,脸一阵一阵地红,话也特别多!……是啊,你当然什么也没有注意到了,心思全放在阿莉莎身上……她还向我问这问那!如饥似渴地听我说话!这一年来,她的智力发展极快。我真不明白,你怎么能说她不爱看

---

① 连襟,指姊妹的丈夫之互称或合称。
② 引自法国诗人苏利·普吕多姆《爱情最美好的时刻》。

书，你总认为只有阿莉莎才喜欢书……然而，老弟，她懂得那么多，真叫人吃惊！你知道晚饭前，我们玩什么了吗？一起回想但丁的一首抒情诗，我们轮流背诵一句；我背错时她还纠正。这句诗你肯定知道：爱在我的脑中徘徊，让我思绪万千。①

"你可没有告诉我，她学过意大利文。"

"就连我也不知道啊。"我说道，心中也颇感意外。

"怎么可能！开始背诵诗的时候，她就说是你教给她的。"

"她一定是哪天听到我给她姐姐念了，她常在一旁做衣裳或刺绣，可是见鬼，当时她一点儿也没有显露出来听懂了。"

"真的！阿莉莎和你，也真够自私的。你们俩完全封闭在自己的爱情里，瞧也不瞧一眼她的才智和心灵的出色展现！我也不是自吹自擂，可毕竟我来得正是时候……嗳！哪里，哪里，我不怪你，这你完全明白。"他说着，又拥抱我，"只求你答应我，只字也不要向阿莉莎透露。我要独自处理这件事。朱丽叶已经坠入情网，这是肯定的，而且相当肯定，我甚至敢把她撂一撂，下次放假再说，这期间连信都不打算给她写。不过，新年放假，你我一道去勒阿弗尔，到那时……"

"到那时怎么样……"

"到那时，阿莉莎就会突然得知我们订婚了。我打算这事儿办得干脆利落。你猜接下来会出现什么情况吗？你一直得不

---

① 原文为意大利语，引自《坎佐尼》。

"她一定是哪天听到我给她姐姐念了,她常在一旁做衣裳或刺绣,可是见鬼,当时她一点儿也没有显露出来听懂了。"

到阿莉莎的允诺,我就以我们的榜样给你争取到手。我们要说服她相信,我们总不能在你们之前结婚……"

他这样一直讲下去,话语像浪涛一样,简直要把我淹没,甚至火车抵达巴黎也不住口,甚至回到学校还讲个没完。我们从火车站步行回校,虽然已是深夜,他还是陪我到宿舍,并且留下一直谈到清晨。

阿贝尔兴高采烈,把现在和未来一股脑儿全安排了。他展望到了,已经具体讲述我们双双举行婚礼的情景。他还想象并描绘每个人的惊讶和喜悦,自己也迷上了我们的美丽故事,迷上了我们的友谊和他在我的爱情中所起的作用。如此撩人的火热激情难以抵制,我终于觉得受了感染,也渐渐响应他那种虚无缥缈的建议。我们的雄心和勇气,也借助爱情之势膨胀起来,设想大学一毕业,我们就请沃蒂埃牧师主持婚礼,然后四个人动身去旅行,再然后我们就干一番大事业,而我们的妻子也乐意同我们合作。阿贝尔对教书不感兴趣,他自认为天生就适于写作,只要创作出几部成功的剧本,就能很快挣到他需要的一大笔钱。至于我这个人,更喜欢研究,不大考虑收益,打算潜心研究宗教哲学,写一部宗教哲学史……可是,怀有那么多希望,现在回想起来又有什么用呢?

第二天,我们又投入学习。

第四章

　　转眼到了新年假期，这段时间过得飞快，我还受上次同阿莉莎谈话的激励，信念一刻也没有动摇。我按照心中的打算，每逢星期日给她写一封很长的信。一周的其他时日，我则回避同学，几乎只跟阿贝尔交往，在想念阿莉莎中生活，在自己爱看的书上为她做了不少记号，根据她可能产生的兴趣，来决定自己该对什么感兴趣。她经常给我回信，但是信的内容还是令我不安，看得出来，她热心关注我，主要是在鼓励我学习，而不是出于思想的冲动。在我看来，评价、讨论、批评，无非是表达思想的一种方式，可是她却相反，用这一切掩饰自己的思想。有时我甚至怀疑，她是当作一种游戏……管它呢！我拿定主意不发一点儿怨言，信中丝毫也不流露自己的不安情绪。

　　十二月底，我和阿贝尔又动身去勒阿弗尔。

　　我下了火车，便直奔普朗蒂埃姨妈家，到那儿时不巧她不在。不过，我刚在房间里安顿好，一名仆人就来通知说她在客厅里等我。

姨妈稍微问两句我的身体怎样，居住和学习怎样，接着就受亲情和好奇心的驱使，不管不顾地问道：

"你还没有告诉我呢，孩子，上次你在封格斯马尔住的那段日子，满意不满意？你的事儿有了点儿进展吧？"

姨妈为人憨直，我只好受着。可是，用最纯洁、最温柔的语言谈论我们的感情，我都觉得有点儿唐突，何况如此简单地对待呢。然而，她说话的语气却那么直率，那么亲热，我若是恼火就未免太愚蠢了。不过，开头我还是有所反应：

"春天那时候，您不是对我说过订婚太早吗？"

"对，我知道，开头大家都这么说。"她拉起我一只手，深情地紧紧握住，又说道："我知道，你要上学，要服兵役，好几年结不了婚。再说了，我个人就不大赞成订婚之后拖得太久，这会让姑娘们生厌的……不过，有时候也挺感人的……还有，订婚也没有必要搞得那么正式……只是让人明白——唔！当然也不要张扬——让人明白，别再给她们找人家了。此外，订了婚，你们就能通信了，保持联系。总之，再有人登门求婚——这种情况很可能有，"她恰如其分地微微一笑，暗示道，"那就可以婉转地告诉对方……不行，别费这个心了。你知道吧，有人来向朱丽叶求婚了！今年冬天，她非常引人注意。年龄倒是还小了点儿，她也是这样答复人家的。不过，那年轻人表示愿意等待——说准确点儿，那人也不年轻了……但总归是门好亲事，是个靠得住的人。明天你也就见到了——他要来瞧瞧我的圣诞树。对他是什么印象，你告诉我。"

"只怕他白费心思，姨妈，朱丽叶另有意中人了。"我说道，强忍着才没有立即讲出阿贝尔的名字。

"哦？"姨妈怀疑地撇了撇嘴，头歪到一边，发出疑问，"你这话可真叫我奇怪，她怎么什么也没有对我说呢？"

我咬住嘴唇，免得话说多了。

"哼！到时候就知道了……这阵子，朱丽叶身体不舒服……再说，现在不是谈她的事儿……啊！阿莉莎也很可爱……总之，有还是没有，你有没有向她表白？"

"表白"这个词，我打心眼儿里就反感，觉得它粗鲁得要命，但是，既然正面提出这个问题，我又不会说谎，就只好含糊地回答：

"表白了。"我立即感到脸上发烧。

"那她怎么说？"

我垂下头，真不愿意回答，但又事出无奈，就更加含糊地回答：

"她不肯订婚。"

"好哇，这个小丫头，她做得对！"姨妈高声说道，"你们的时间长着呢，当然了……"

"噢！姨妈，别说这事儿了。"我说道，可是拦也拦不住。

"其实，她这么做我一点儿也不奇怪。我一直觉得，你的表姐比你懂事……"

也不知道当时我怎么了,无疑是被这样的盘问弄得神经紧张,我突然感到心痛欲裂,便像小孩子一样,脑门儿伏到好心肠的姨妈的双膝上,失声痛哭:

"姨妈,不,您不明白,"我高声说道,"她没有要求我等待……"

"什么!她是拒绝你啦!"她说道,语气满含怜悯,非常轻柔,同时用手抬起我的头。

"也不是……不,还不完全是。"

她忧伤地摇了摇头:

"你担心她不爱你啦?"

"嗳!不是,我担心的不是这个。"

"我可怜的孩子,你要想让我明白,那就得稍微说清楚一点儿呀。"

我又羞愧,又懊悔,不该显得这样意志薄弱。姨妈当然弄不明白,我这样含糊其词是何缘故。不过,阿莉莎拒绝的背后,如果隐藏着什么明确的动机,那么姨妈慢慢探问,也许能帮助我弄个水落石出。她很快就主动提出了:

"听我说,"她又说道,"明天早上,阿莉莎要来帮我布置圣诞树,我很快就能弄清到底是怎么回事,吃午饭的时候告诉你。我敢肯定,你会明白并没有什么可惶恐不安的。"

我去布科兰家吃晚饭。朱丽叶确实病了几天,在我看来样子变了。她那眼神略显凶狠,甚至近乎冷酷,跟她姐姐的差异比以前更大了。这天晚上,我同她们姐儿俩中的哪个都没有机会单独谈话,而且,我也丝毫没有这种愿望。舅父又显得疲惫,因此饭后不久,我就告辞了。

普朗蒂埃姨妈布置的圣诞树,每年都要招来一大帮孩子和亲友。圣诞树放在对着楼梯口的门厅里,而门厅又连着前厅、客厅,以及带玻璃门设了餐台的冬季花房。圣诞树还没有装点好。圣诞节的早晨,也就是我到达的次日,正如姨妈所说,阿莉莎早早就来了,帮着往圣诞树上挂装饰物、彩灯、水果、糖果和玩具。我倒十分乐意和她一起忙活,但是,我得让姨妈和她单独聊聊,因此没有同她照面就出门了,整个上午就独自品味自己的不安情绪。

我先去布科兰舅父家,想见见朱丽叶,但是听说阿贝尔比我早到一步,正在她身边,我就立刻退出来,以免打扰一场关键性的谈话。我在码头和街上游逛,直到吃午饭时才返回。

"傻小子!"姨妈一见我回来,便高声说,"怎么能这样糟蹋自己的生活呢!今天早上你跟我说的那一套,没有一句是在理的话……哼!我也没有拐弯抹角,干脆打发走费力帮我们的阿什布通小姐,等到只有我和阿莉莎了,我就直截了当地问她,今年夏天为什么没有订婚。你大概以为会把她问得不好意思吧?——她一点儿也没有显得慌乱,非常平静地回答我说,她不愿意在她妹妹之前结婚。当初你若是开门见山地问一问,

我倒十分乐意和她一起忙活，但是，我得让姨妈和她单独聊聊，因此没有同她照面就出门了，整个上午就独自品味自己的不安情绪。

她就会像对我这样回答你。这点儿事就了不得了,自寻烦恼,对不对?明白了吧,我的孩子,什么也比不上实话实说……可怜的阿莉莎,她还对我提起她父亲,说她不能抛下不管……唔!我们谈了很多。这丫头,非常懂事。她还对我说,她还不能肯定她就是对你合适的姑娘,恐怕年龄大了,希望你找个朱丽叶那样年龄的……"

姨妈还在说下去,可我已经听而不闻了。只有一个情况对我来说关系重大:阿莉莎不肯在她妹妹之前结婚。——嘿!不是还有阿贝尔嘛!这个自命不凡的家伙,他讲得还真有道理:一箭双雕,同时解决两桩婚事……

事情一说破却如此简单,我听了内心十分激动,但是尽量掩饰,只显露出在她看来非常自然的一种欢快,并且让她高兴的是,这种欢快似乎是她给的。刚吃过午饭,我也记不清找了一个什么借口,又离开她,去找阿贝尔了。

"哼!我跟你说什么来着!"他一听说我的高兴事儿,就一边拥抱我,一边高声说,"老弟呀,我已经可以向你宣布,今天上午,我同朱丽叶的谈话几乎具有决定意义,尽管我们差不多只谈了你。不过,她显得有点儿疲惫、烦躁……我害怕说得过头会使她过分激动,也害怕谈得过久会使她过分亢奋。有了你告诉我的这个情况,这事儿就成了!老弟呀,我这就扑向我的手杖和帽子,你要一直陪我到布科兰家门口,以便拉住不让我在半路飞起来——我觉得身子比欧佛里翁[①]还轻……等朱丽叶得知仅仅由于她阿莉莎才不肯答应你,等我马上一求婚……啊!朋友,我眼前已经浮现父亲的身影。今天晚上,他就站在圣诞树前,边赞美上帝边流下幸福的眼泪,满怀祝福把手扣在两对跪着的未婚夫妇头上。阿什布通小姐要化作一声叹息,普朗蒂埃姨妈也会化作满襟泪水。"

只有等到天黑时,才能点亮圣诞树上的灯火,孩子和亲友才在圣诞树周围团聚。我同阿贝尔分手之后,无事可干,只觉六神无主,心情焦躁。为了消磨等待的这段时间,便跑到圣阿雷斯悬崖上,不料迷了路,等我回到普朗蒂埃姨妈家时,欢庆活动已经开始好一会儿了。

我一走进门厅,就看见阿莉莎,她好像在等我,一见我便迎上来。她穿一件半圆开领的浅色上衣,脖子上挂着一枚老式的紫晶小十字架,那是我母亲的遗物,我送给她留作纪念,但是还从未见她戴过。她面容倦怠,一副惨苦的神情,看着真叫我心里难受。

"为什么这么晚你才回来?"她声调压抑,急促地说道,"我本来要跟你谈谈。"

"我在悬崖上迷路了……怎么,你不舒服了……噢!阿莉

---

① 希腊神话中阿喀琉斯之子,长有双翼。

为了消磨等待的这段时间,便跑到圣阿雷斯悬崖上,不料迷了路,等我回到普朗蒂埃姨妈家时,欢庆活动已经开始好一会儿了。

莎，出什么事儿啦？"

她站在我面前，嘴唇发抖，一时说不出话来。我惶恐不安到了极点，都不敢问她了。她抬手放到我的脖颈上，似乎要把我的脸拉近，想必要跟我说话。可是不巧，这时进来几位客人，她不免气馁，手又垂落下去……

"来不及了。"她喃喃说道。接着，她见我泪水盈眶，就以这种哄小孩的解释来回答我疑问的目光，好像这就足以使我平静下来：

"不……放心吧，我只是有点儿头疼，这些孩子太喧闹了……我不得不躲到这儿来……现在，我该回到他们身边了。"

说罢她就突然离去。又有人进来，将我和她隔开。我打算进客厅找她，却看见她在另一端，正带着周围一帮孩子做游戏。在我和她之间，我认出好几个人，要过去就得被他们缠住，寒暄一通，我感到自己做不来，也许溜着墙根儿……试试看吧。

我经过花房的大玻璃门时，忽然觉得胳臂让人抓住了。原来是朱丽叶，她半躲在门洞里，用门帘遮住身子。

"咱们到花房去，"她急匆匆说道，"我得跟你谈谈。你走你的，我随后就去那儿找你。"继而，她半打开门，停了一会儿，便溜进花房。

出什么事儿啦？我本想再跟阿贝尔碰碰头。他究竟说了什么？究竟干了什么？……我回到门厅瞧了瞧，这才进花房，看见朱丽叶在等我。

朱丽叶满脸通红，双眉紧锁，目光透出一种冷酷而痛苦的表情，眼睛亮晶晶的，就好像发了高烧，连说话的声音也似乎变得生硬而发紧了。她的情绪显得异常激奋，样子显得美极了，我虽然心事重重，见她这么美也不禁惊讶，甚至有点儿发窘。房中只有我们二人。

"阿莉莎跟你谈过啦？"她立刻问我。

"没说上两句话，是我回来太晚了。"

"你知道她要我先结婚吗？"

"知道了。"

她定睛看着我：

"那你知道她让我嫁给谁吗？"

我愣在那里没有回答。

"嫁给你！"她嚷了一声。

"简直荒唐透顶！"

"可不是嘛！"她的声调里既含绝望，又含得意。她挺了挺身子，确切地说，整个身子往后一仰……

"往后的事儿该怎么办，现在我知道了。"她含混地补充了一句，便打开花房的门，人一出去，随手又狠狠将门关上。

在我的头脑里和心里，一切都动摇了。我感到血液击打着太阳穴。在极度慌乱中，只有一个念头：找到阿贝尔，也许他能向我解释姐妹俩的话为何这么怪……可是我不敢回客厅，怕是我这心慌意乱的样子，谁都能看得出来。于是我来到外面。

花园寒气袭人，倒使我冷静下来。我在园中待了一会儿，夜幕降临，海雾遮蔽了城市，树木光秃秃的，大地和天空看上去无限凄凉……这时歌声响起，一定是围着圣诞树的儿童们的合唱。我走进门厅，看见客厅和前厅的门全敞着。客厅里空荡荡的，只发现姨妈半躲在钢琴后面，正和朱丽叶说话，客人全挤在前厅的圣诞树周围。孩子们唱完赞歌，全体肃静，站在圣诞树前边的沃蒂埃牧师，便开始布道了。他绝不放过任何一次机会，进行他所说的"撒播良种"。灯光和热气让我感觉不舒服，我还想到外面去，却忽然瞧见阿贝尔正靠门站着。他在那儿大概有一阵工夫了。他以敌视的眼神注视我，当我们的目光相遇时，他就耸耸肩膀。我朝他走过去。

"笨蛋！"他低声说道，继而，又突然说道："喂！走！咱们出去，这种说教我都听腻了！"我们一出了门，他见我不说话，只是不安地看着他，便又说道："笨蛋！其实，她爱的是你，笨蛋！你就不能早点儿告诉我？"

我惊呆了，简直不敢相信。

"不可能，对不对！你光靠自己，甚至都察觉不出她的感情！"

他抓住我的胳臂，狠命地摇晃。他咬牙切齿，说话带着咝咝的颤音。

"阿贝尔，求求你了，"我由他拖着大步胡乱走着，半晌没吭声，也终于声音颤抖地说道，"先别发这么大火，还是告诉我怎么回事儿吧。我什么也不知道啊。"

来到一盏路灯下,他突然拉我站住,凝视我的脸。继而,他又猛地把我拉到一起,头搭在我肩上,呜咽着咕哝道:"对不起!我也一样,是个笨蛋。可怜的兄弟,我不比你强,也没有看出来。"

流过眼泪,他看来平静了一些。他抬起头,又朝前走去,同时说道:"怎么回事儿?……现在说它还有什么用呢?我不是跟你说过,今天早晨我同朱丽叶谈过了。她简直美极了,也显得特别兴奋,我还以为是我引起的,其实只是因为谈论你。"

"当时你就没有明白过来?……"

"没有,就是不明白。可是现在,多么微小的迹象,也都一清二楚了……"

"你就肯定没有弄错?"

"弄错?!嗳!亲爱的,只有瞎子,才看不出她爱的是你。"

"那么阿莉莎……"

"阿莉莎牺牲自己。她无意中发现了秘密,就想给妹妹让位。喏,老弟!按说,这并不难理解……那会儿,我还要同朱丽叶谈谈,可是,我刚说两句话,确切地说,她一明白我的用意,就从我们坐的长沙发上站起来,一连说好几遍'我早就料到了',而那声调却表明根本没有料到……"

"喂!可开不得玩笑!"

"怎么这么说?这件事,我觉得很滑稽……她冲进姐姐的房间。房里传出吵闹声,我听了不禁慌了神儿,很想再见见朱丽叶，不料过了一会儿，却是阿莉莎出来了。她戴了帽子，见到我显得挺不自然，匆匆打了声招呼就走过去了……就是这些。"

"你没有再见到朱丽叶？"

阿贝尔迟疑了一下，才说道：

"见到了。阿莉莎走后，我就推门进去，看见朱丽叶站在壁炉前，臂肘挂在大理石炉台上，双手托着下巴颏儿，正一动不动地照镜子。她听见我进去的声音，头也不回，只是跺着脚嚷道：'哎呀！别来烦我！'语气非常生硬，我不好再说什么就走了。就是这些。"

"那么现在呢？"

"哦！跟你一说，我感觉好多了……现在吗？跟你说，你要想法儿治好朱丽叶爱情的创伤。在这之前，阿莉莎不会回到你身边，否则就是我不了解她。"

我们默默地走了许久。

"回去吧！"他终于说道，"客人现在都走了。恐怕父亲在等我了。"

我们回去一看，客厅里的人果然都走了，前厅里的圣诞树上的礼物被拿光了，彩灯差不多全熄了，旁边只剩下姨妈和她的两个孩子、布科兰舅父、阿什布通小姐、我的两个表姐妹，还有一个相当可笑的人物，我曾见他同姨妈长时间交谈，不过这会儿才认出他就是朱丽叶所说的那位求婚者。他的身材比我们每人都高大、健壮，脸色也比我们每人都红润，但是头顶差不多秃了。他显然来自另一个等级，另一个阶层，另一个种族，在我们中间似乎感到自己是异类。他揪着一大撮花白髭胡，神经质地捻来捻去。门厅的灯已经熄灭，但是门还开着，因此，我们俩悄悄地回来，谁也没有发觉。我一阵揪心，有一种可怕的预感。

"站住！"阿贝尔说了一声，同时抓住我的胳臂。

这时，我们看见陌生人走到朱丽叶近前，拉起她的手；而朱丽叶没有扭头看他，但是手却任由人家握住而未反抗。我的心顿时沉入黑夜。

"喂，阿贝尔，怎么回事？"我嗫嚅道，就好像我还不明白，或者希望理解错了。

"这还用说！小丫头要抬高身价。"他说道，话语夹着嘘音，"她可不肯甘居姐姐之下。天使肯定在天上鼓掌祝贺呢！"

阿什布通小姐和我姨妈都围在朱丽叶身边，舅父过去亲了亲小女儿，沃蒂埃牧师也凑上前……我往前跨了一步，阿莉莎一发现我，立即跑过来，颤抖着说道：

"杰罗姆啊，这事儿可不成。朱丽叶并不爱他！今天早上她还跟我说来着。想法儿阻止她，杰罗姆！噢！将来她可怎么办啊？……"

她伏在我的肩上哀求，简直痛苦欲绝。只要能减轻她的惶恐不安，豁出命去我也干。

忽然，圣诞树那边一声叫喊，接着便是一阵混乱……我们跑过去，只见朱丽叶不省人事，倒在我姨妈的怀里。大家都围拢过去看她，我几乎瞧不见，只看到散乱的头发向后扯她那张惨白的脸。她的身体在抽搐，显然不是一般的昏厥。

"嗳！没事儿，没事儿！"姨妈高声说，以便让我舅父放心，而沃蒂埃牧师用食指指天，已经在安慰他了。姨妈又说道："没事儿！一点儿事也没有。只是太激动了，一时神经太紧张。泰西埃先生，您有劲儿，帮我一把，我们把她抬进我的房间，放到我床上……放到我床上……"接着，她又附在长子的耳边说了句什么，只见他立刻出门，肯定是请医生去了。

姨妈和那个求婚者，抬着半仰在他们手臂上的朱丽叶的肩膀。阿莉莎则深情地搂住妹妹的双脚。阿贝尔上前托住她那要朝后仰的头——我看见他拢起她那散乱的头发，弯下腰连连亲吻。

到了房间门口我就停下。大家将朱丽叶安置在床上。阿莉莎对泰西埃先生和阿贝尔说了几句话，我没有听见。她把他们送到门口，请求我们让她妹妹休息，有她和我姨妈照看就行了。……

阿贝尔抓住我的胳臂，拉我到外面。我们俩心灰意懒，漫无目的，在黑夜中走了很久。

第五章

我的一生除了爱情别无他求,于是抓住爱情不放,只关注我的女友,其他什么也不期待,也不想期待了。

次日,我正要去看看她,姨妈却拦住我,递给我她刚收到的这封信:

……朱丽叶服下医生开的药之后,直到凌晨,烦躁的情绪才算缓解。我恳求杰罗姆这几天不要来。朱丽叶需要绝对的安静,她会听出杰罗姆的脚步或者说话的声音。

朱丽叶病成这样,恐怕我得守护了。假如杰罗姆动身之前,我还不能接待他,亲爱的姑妈,就烦请你转告一声,我会给他写信的……

这道禁令只是针对我，姨妈可以随便去，任何别人也可以随便去布科兰家，而且姨妈上午就要去一趟。我能弄出什么声音来？多么差劲儿的借口……但是，没关系！

"好吧，不去就不去。"

不能很快去看看阿莉莎，我心里特别不是滋味，然而又害怕再次见面，害怕她把妹妹的病状归咎于我，因此不去见她，倒比见她发脾气容易忍受一些。

至少，我还想见见阿贝尔。

到了他家门口，一名女仆交给我一张字条：

> 我给你留这张字条，免得你担心。待在勒阿弗尔，离朱丽叶这么近，这是我不能忍受的。夜晚同你分手之后，我就立即乘船去南安普敦。我打算去伦敦S君家……度完假期。我们回学校再见。

所有人的救援，一下子全丧失了，再待下去就只有痛苦，于是未等开学，我就回到巴黎。我的目光转向上帝，转向广施真正的安慰、各种恩泽和完美赏赐的主。我的痛苦也同样献给他，想必阿莉莎也是向他寻求庇护的，而且一想到阿莉莎在祈祷，我的祈祷也就受到鼓舞和激励。

在沉思和学习中过去好长一段时间，除了我和阿莉莎往来通信，没有任何大事可言。她的信件我全留着，此后有记忆模糊的地方，就拿来参照……

勒阿弗尔的消息，起初还是通过姨妈，也仅仅通过她得到的。我得知头几天朱丽叶病情严重，着实让人担惊受怕。我离开的第十二天早上，终于接到阿莉莎的这封信：

> 亲爱的杰罗姆：
> 　　请原谅，没有及早给你写信。我们可怜的朱丽叶病成这样子，我实在抽不出时间来。你走之后，我几乎日夜守护她。我们的情况，我曾请姑妈告诉你，想必她这样做了。你应当知道，这几天来，朱丽叶好多了。我感谢上帝，但是还不敢太乐观。

直到现在我还没有怎么提罗贝尔，他比我晚几天回到巴黎，给我带来他两位姐姐的消息。我关心他是因为她们的缘故，而不是我天生的性格所致。他在农学院就读，每逢放假，我总照顾他，想方设法多让他散散心。

我不敢直接问阿莉莎和我姨妈的事情，就是通过罗贝尔了解到的：爱德华·泰西埃去得很勤，探望朱丽叶的病情，不过，在罗贝尔离开勒阿弗尔之前，朱丽叶还没有再同他见过面。我还得知从我走后，她在姐姐面前一直沉默不语，怎么也无法让她开口。

不久之后，我又听姨妈说，订婚一事，朱丽叶本人要求尽早正式宣布，而阿莉莎却像我预感的那样，希望立即解除。她决心已定，只是板着脸，一言不发，什么也不看，怎么劝告，怎么命令，怎么哀求也无济于事……

时间就这样过去。我只收到阿莉莎一些令我极为失望的短信，还真不知道回信写什么好。冬季的浓雾笼罩，无论学习的灯光，还是爱情和信仰的全部热忱，唉！都不能驱散我心中的黑夜和寒冷。时间就这样过去了。

后来，春季的一天早上，我忽然收到姨妈转来的一封信，是她不在勒阿弗尔时阿莉莎写给她的。信中能说明问题的部分抄录如下：

……赞扬我的顺从吧！我听从了你的劝告，接见了泰西埃先生，同他长谈了。我承认他的表现极佳，老实说，我几乎相信，这门婚事不会像我当初担心的那样不幸。当然，朱丽叶并不爱他，但是一周一周下来，他给我不值得爱的印象逐渐削弱了。他能清醒地看待自己的处境，也没有看错我妹妹的性格，不过，他深信他所表达的爱情极为有效，自信没有他的恒心所克服不了的东西。这就表明他爱得很深。

杰罗姆那么照顾我弟弟，令我十分感动。我想他这样做，完全出于责任——也可能是为了让我高兴——因为罗贝尔和他的性格没有什么相似之处。毫无疑问，他已经认识到，担负的责任越艰巨，就越能教诲和提高人的心灵。这种思考未免超凡脱俗！不要太笑话你的大外甥女，须知正是这类想法支撑着我，帮助我尽量把朱丽叶的婚姻视为一件好事。

亲爱的姑妈，你的体贴关怀，让我心里感到很温暖！……然而，你不要认为我有多么不幸，我几乎可以说：恰恰相反，因为，朱丽叶刚刚经受的考验，也在我身上产生了反响。《圣经》里的这句话："信赖人必不幸"，过去我常背诵，却不大明白，现在却恍然大悟了。这句话最早不是在我的《圣经》里，而是在杰罗姆寄给我的一张圣诞贺卡上读到的，那年他还不到十二岁，我也刚满十四岁。卡片上有一束花，当时我们觉得非常好看，旁边印着高乃依①的释义诗：

是何种战胜尘世的魅力，
今天引我飞升去见上帝？
把希望寄托在世人身上，
到头来自身就会遭祸殃！

不过，老实说，我更喜欢耶利米②那句言简意赅的话。毫无疑问，杰罗姆当时选这张贺卡，没大注意这句话。但是从他新近的来信能判断出，如今他的倾

---

① 高乃依（1606—1684），法国古典主义悲剧作家。
② 耶利米（约公元前650—前570），古代犹太国的一位先知、祭司，他的言论被广泛收录于《圣经》旧约中，文中所提及的那句话，应是其在《圣经·耶利米》中所提及的："倚靠人血肉的膀臂，心中离弃耶和华的，那人有祸了！"

向同我颇为相像。我感谢上帝把我们俩同时拉得靠近他。

我们那次谈话，我还记忆犹新，不再像过去那样给他写长信，免得打扰他学习。你一定会认为，我这样谈他是想借机补回来。我就此搁笔，怕再写下去。下不为例，不要太责怪我了。

这封信叫我怎么想啊！可恨姨妈总爱瞎管闲事（阿莉莎提到的令她对我沉默的那次谈话，究竟是怎么回事？），还瞎献殷勤，干什么把信转给我看！阿莉莎保持沉默，已经够我受的了。哼！她不再对我讲的事却写信告诉别人，这情况就更不应该让我知道啦！这封信处处让我气愤——我们中间这些细小的秘密，她都这么轻易地讲给姨妈听，语调还这么自然，这么坦然，这么认真，这么诙谐，叫我看着简直……

"嗳，不，我可怜的朋友！你恼火，就因为这封信不是写给你的。"阿贝尔对我说道。阿贝尔成为我每天的伙伴，是我唯一能够谈心的人。我感到孤独的时候，感到气馁，需要发点怨言赢得同情的时候，就不断向他倾诉；我陷入困境的时候，也相信他能给我出好主意，尽管我们性情不同，或者正因为性情不同……

"咱们研究研究这封信吧。"他说着，将信往写字台上一摊。

四天三夜，我是在气恼中度过的！现在朋友要给我分析分析，我自然愿意听一听了：

"朱丽叶和泰西埃这部分,我们就丢进爱情之火中,对不对?我们知道那火焰的厉害。不错!我看泰西埃就像扑火的飞蛾……"

"别说这个了,"我听他这样开玩笑不禁反感,便对他说,"看看其余部分吧。"

"其余部分?"他说道,"其余部分全是写给你的。你就抱怨吧!没有一行,没有一个词不充满对你的思念。可以说,整个这封信就是写给你看的。菲莉西姨妈将它转给你,倒是物归原主了。阿莉莎不能直接写给你,就寄给这位好婆婆,这是不得已而求其次。其实,你姨妈哪懂得什么高乃依的诗!——顺便说一句,这是拉辛[①]的诗——跟你说吧,她这是同你谈心。所有这些话,是说给你听的。两周之内,你表姐如不以同样轻松愉快的口气,写同样的长信,那只能表明你是个大笨蛋……"

"她不大可能这样做。"

"这全看你的了!你还要我出主意吗?那好,从现在起,在很长一段时间内,你绝口不提你们的爱情,也不提结婚。她妹妹出了事儿之后,她懊恼的正是这个,难道你还看不出来吗?你要在手足之情上下工夫,不厌其烦地同她谈罗贝尔,既然你这样耐心照顾这个傻瓜。只要持续不断地让她的精神得到

[①] 拉辛(1639—1699),法国剧作家,与高乃依、莫里哀合称十七世纪最伟大的三位法国剧作家。

83

愉悦，其余的事儿就自然水到渠成。嘿！换了我，瞧我怎么给她写信！……"

"你可没有资格爱她。"

然而，我还是按照阿贝尔的主意行事。时过不久，阿莉莎的信果然又恢复生气。不过，我还不敢指望她由衷地快活起来，毫无保留地交心，那要等到即使不能保障朱丽叶的幸福，也要保障她的终身之后。

阿莉莎告诉我，朱丽叶病情好转，婚礼将在七月份举行。阿莉莎在信中还说，她认为办喜事那天，我和阿贝尔肯定要上课而参加不了……我明白她的意思，我们最好不要出席婚礼。于是，我们便以考试为由，仅仅去信祝贺了。

婚礼之后约有半个月，阿莉莎给我写来一封信：

我亲爱的杰罗姆：

你想想我该多么惊讶，昨天我偶尔翻阅拉辛的这本漂亮的书，发现了夹在我的《圣经》中快十年的圣诞贺卡，就是你送给我的那张贺卡上的四句诗：

是何种战胜尘世的魅力，
今天引我飞升去见上帝？
把希望寄托在世人身上，
到头来自身就会遭祸殃！

我原以为是引自高乃依的一首释义诗，老实说，当时我并不觉得它有多美。不过，我接着阅读第四章圣歌时，碰到几节诗，觉得十分美妙，就忍不住抄下来寄给你。从你贸然写在页码边上的缩略姓名来判断（我的确养成了这种习惯，爱在我的书和阿莉莎的书上我喜欢的章节旁，写下她名字的头一个字母，以示提醒），你肯定读过。这倒没有什么关系！反正我抄录下来也是自得其乐。我还以为有什么新发现，可是一看到是你建议读的，开头不免有点儿扫兴，继而转念一想，你跟我一样喜欢这些诗章，又以喜悦取代了这种不快的感觉。我抄录的时候，就觉得你又跟我一起阅读：

> 永恒智慧如雷的声音，
> 用这种话语教导我们：
> 人类子孙哟，你们听着，
> 光靠自身有什么结果？
> 虚妄的灵魂，实在谬误，
> 竟让纯洁的血液流出，
> 往往只换取虚形幻影，
> 而不是能果腹的圣饼，
> 你们付出纯洁的血液，
> 为何比从前还要饥饿？

我向你们推荐的圣饼,
唯有天使才能享用;
使用的是优质面粉,
由上帝亲手制作而成。
这种圣饼多么香甜,
尘世的餐桌怎能得见!
随我走我就给圣饼,
你们不要留恋这尘寰。
过来吧,你们要永生?
拿着吧,吃下这圣饼。
……
被俘的灵魂有多幸运,
在主的枷锁里得安宁,
渴了畅饮长生之泉,
长生泉永远也流不尽。
这泉水人人可畅饮,
这泉水欢迎所有人。
然而我们却狂奔乱窜,
跑去寻找什么泥潭,
寻找什么骗人的水池,
那里的水时刻会流逝。

多美呀!杰罗姆,多美呀!你真的和我一样觉得它美吧？我这个版本上有一条小注解，说曼特侬夫人①听到德·欧马尔小姐②唱这支圣歌，似乎十分赞赏，"洒了几滴眼泪"，并请她重复唱了一段。现在我记在心里，还不厌其烦地背诵。我唯一伤感的是，在这里没有听你给我朗诵过。

我们那对旅行结婚的夫妇，继续传来佳音。要知道，在巴约讷和比亚里茨，尽管天气酷热，别提朱丽叶玩得有多高兴。后来，他们又游览了封塔拉比亚，到布尔戈斯停了停，两次翻越比利牛斯山脉……现在，朱丽叶是在蒙塞拉给我写来一封欢欣鼓舞的信。他们打算还要在巴塞罗那逗留十天，然后再回到尼姆，因为爱德华要在九月之前赶回去，以便安排好收获葡萄。

父亲和我，我们住到封格斯马尔已有一周，阿什布通小姐明天就来，四天之后，罗贝尔也回来了。跟你说，这个可怜的孩子考试没有通过，倒不是因为题目太难，而是主考老师向他提出的问题太古怪，弄得他不知所措。我从你的信中得知罗贝尔很用功，就难以相信他没有准备好，看来还是那位主考老师喜欢刁

---

① 法国国王路易十四的第二任妻子。
② 法国贵族。

难学生。

至于你的优异成绩,亲爱的朋友,我不能说什么祝贺的话,总觉得这是理所当然的。杰罗姆,我对你信心十足,一想到你,心里就充满希望。你前次提起的那项工作,现在能着手就做起来吗?……

……这儿的花园什么也没有变,然而,住宅却显得空荡荡的!我求你今年不要回来,现在你该明白为什么,对不对?我感到这样更好些。可是我每天都要在心里说一遍,因为,这么久不见你,确实挺难受的……有时,我就不由自主地寻找你,看看书会停下,猛然一回头……就觉得你在旁边!

我接着写信。已经是夜间了,别人都睡觉了,我还对着敞开的窗户给你写信。花园弥漫着芳香,空气温煦。你还记得吗,我们小时候,一看见或者听到美妙的东西,心中就想:上帝啊,谢谢你创造出来……今天夜晚,我全部心思都在想:上帝啊,谢谢你创造出这样美好的夜晚!于是,我突然希望你就在这儿,感到你在这儿,就在身边,这种愿望极为强烈,你大概已经感觉到了。

是的,你在信中说得好,"在天生纯良的心灵里",赞美和感激融为一体……还有多少事情我要写给你呀!——我想到朱丽叶说的那个阳光灿烂的国家。我还想到别的国度,更加辽阔,更加空落落,阳光也更加灿烂。我身上寓居一种奇异的信念:终有一天,我也不知道以什么方式实现,我们将一同看到神秘的大国……

您不难想象,我看这封信是多么欣喜若狂,又流下多少爱情的眼泪。还有一些信件接踵而来。阿莉莎固然感谢我没有去封格斯马尔,她固然也恳求过我今年不要去见她,但是她确实也遗憾我不在跟前,现在渴望同我见面,每页信纸都回响着这一召唤。我哪儿来的力量拒不响应呢?无疑是听了阿贝尔的劝告,无疑怕一下子毁了我的快乐,也是我拘板的天性阻遏我感情的宣泄。

后来的几封信中,凡是能说明这篇故事的部分,全抄录如下:

亲爱的杰罗姆:

看你的信,我沉浸在喜悦中。我正要答复你从奥尔维耶托写来的信,又同时接到你分别从阿西西和佩罗贾写来的信。我也神游这些地方,仿佛只把躯体留在这里。真的,我和你行驶在翁布里亚的白色大路上;一早和你一道启程,用崭新的目光凝望曙光……在科尔托纳的平台上,你真的呼唤我了吗?我听见了……在阿西西城的北山上,我们渴得要命!方济各会修士给我的那杯水多么可口!我的朋友啊!我是透过你看每件事物。我多么喜欢你给我的信上关于圣徒方济各的那段话!是的,应当寻求的,绝不是思想的一种解放,而是一种狂热。思想的解放必定会产生可恶的骄傲。树立思想的抱负,不是要反抗,而是要效劳……

尼姆方面的消息好极了,我觉得这是上帝允许我尽情欢乐。今年夏天的唯一阴影,就是我那可怜父亲的精神状态。尽管我悉心照料,他依然愁眉苦脸,确切说来,我一丢下他独自一人,他就重又沉入悲伤,而且总是难以自拔。我们周围的大自然多么欢快,可是大自然的语言对他变得陌生了,他甚至都不用心去听了。——阿什布通小姐还好。我给他们二人念你的信。每封信,我们都要足足谈论三天;接着下一封信又寄到了。

……罗贝尔前天离开我们。假期的最后几天,他要去他朋友R君家度过,R君的父亲经营一座模范农场。毫无疑问,我们在这里过的生活,在罗贝尔看来不大快活。他提出要走,我当然只能支持他的计划……

……要对你讲的事儿太多了!我真渴望这样永无休止地交谈下去!有时,我想不出词儿来,思路也不清晰了——今晚给你写信，就恍若做梦——只有一种近乎紧迫的感觉：有无限的财富要赠予和接受。

在那么漫长的几个月中，我们竟然能保持沉默。毫无疑问，我们那是冬眠。噢！那个可怕的沉默的冬季，但愿它永远结束啦！我又重新找到了你，就觉得生活、思想、我们的灵魂，一切都显得那么美，那么可爱，那么丰饶而永不枯竭。

9月12日

你从比萨寄来的信收到了。我们这里也晴空万里，诺曼底从来没有像现在这样美。前天我独自一人漫步，穿越田野兜了一大圈，回家并不觉得累，还兴奋不已，完全陶醉在阳光和快乐之中。烈日下的草垛多美啊！我无须想象自己在意大利，就能感到一切都很美好。

是的，我的朋友，你所说的大自然的"混杂的颂歌"，我聆听并听懂了，这是欢乐的礼赞。这种礼赞，我从每声鸟啼中都能听出，从每朵花的芳香中都能闻到，因此我认定，赞美是唯一祈祷的形式——我和圣徒方济各重复说：我的上帝！我的上帝！"而非别者"，心中充满难以言传的爱。

你也不必担心，我绝不会转而成为无知修会修女！近来我看了不少书，这几天也是下雨的关系，我仿佛将赞美收敛到书中了……刚看完马勒伯朗士[①]，就立刻拿起莱布尼茨的《致克拉克的信》。继而放松放松，又看了雪莱的《钦契一家》，没有什么意思，还看了《多愁善感的女人》……说起来可能惹你生气，我觉得雪莱的全部作品、拜伦的全部作品，也抵不上去年夏天我们一起念的济慈的四首颂歌；同样，雨果的全部作品，也抵不上波德莱尔的几首十四行诗。"大"诗人这个字眼儿，说明不了什么，重要的是是不是一位"纯"诗人……我的兄弟哟！谢谢你帮我认识、理解并热爱这一切。

……不，切勿为了相聚几天的欢乐就缩短你的旅行。说正经的，我们现在还是不见面为好。相信我，假如你在我身边，我就不会进一步思念你了。我不愿意惹你难过，然而现在，我倒不希望你在眼前了。要我讲实话吗？假如得知你今天晚上来……我马上就躲开。

唔！求求你，不要让我向你解释这种……感情。我仅仅知道我一刻不停地思念你（这该足以使你幸福了），而我这样就很幸福。

……

[①] 马勒伯朗士（1638—1715），法国唯心主义哲学家、科学家。

收到最后这封信不久，我便从意大利回国，并且立即应征入伍，被派往南锡服兵役去了。在那里我举目无亲，没有一个熟人，不过独自一人倒也欣然，因为这样一来，无论对阿莉莎还是我这骄傲的情人来说，情况就更加清楚。她的书信是我的唯一庇护所，而我对她的思念，拿龙沙①的话来讲，就是"我的唯一隐德来希②"。

老实说，我轻松愉快地遵守相当严厉的纪律，什么情况都能挺住，我在写给阿莉莎的信中，仅仅抱怨她不在身边。我们甚至认为，这样长时间的分离，才是对我们勇气的应有的考验。"你呀，从来不抱怨，"阿莉莎给我写道，"你呀，我也很难想象会气馁……"为了证明她这话，又有什么我不能忍受的呢？

我们上次见面一别，将近一年过去了。这一点她似乎没有考虑，而仅仅从现在才开始等待。于是我写信责怪她，她却回信说：

> 我不是同你一道游览意大利了吗？忘恩负义！我一天也没有离开过你。要明白，从现在起的一段时间里，我不能跟随你了，正因为如此，也仅仅因为如此，我才称作分离。不错，我也尽量想象你穿上军装的样子……可是我想象不出来。顶多能想到晚上，你

---

① 彼埃尔·德·龙沙（1524—1585），法国第一个近代抒情诗人。
② Entelechy，亚里士多德哲学中的名词，有生命的本原之意。

在那里我举目无亲，没有一个熟人，不过独自一人倒也欣然，因为这样一来，无论对阿莉莎还是我这骄傲的情人来说，情况就更加清楚。

在甘必大街的那间小寝室里写信或看信……甚至能想到，不是吗？一年之后你在封格斯马尔或者勒阿弗尔的样子。

一年！我不计数已经过去的日子，我的希望盯着将来的那一点，看着它缓慢地，缓慢地靠近。想必你还记得，在花园尽头，墙脚下栽种菊花的那堵矮墙，我们曾冒险爬上去过，你和朱丽叶大胆地往前走，就像直奔天堂的穆斯林教徒；可是我，刚走两步就头晕目眩，你在下面就冲我喊："别低头看你的脚！……往前看！盯住目标！一直朝前走！"最后，你还是爬上墙，在另一头等我——这比你的话管用多了——我不再发抖了，也不觉得眩晕了，眼睛只注视着你，跑过去，投入你张开的手臂……

杰罗姆，如果没有对你的信赖，那我该怎么办呢？我需要感到你坚强，需要依靠你。你可别软弱。

我们故意延长等待的时间，这是出于一种挑战的心理，也许是基于害怕的心理，害怕我们重聚不会那么完美，我们商定临近新年那几天假，我就去巴黎陪陪阿什布通小姐……

我对您说过，我并不把所有信件照样抄录下来。下面是我在二月中旬收到的一封信：

前天我好激动啊，经过巴黎街M书店，看见橱窗赫然摆着阿贝尔的书——你告诉过我，可我总不相信他会真的出书。我忍不住走进去，但是觉得书名十分可笑，犹豫半晌最终没有对店员讲。我甚至想随便抓一本书就离开书店，幸好柜台旁边有一小摞《狎昵》出售，我无须开口，抄起一本，丢下一百苏①就走了。

我真感激阿贝尔没有把他的作品寄给我！我一翻阅就会感到丢脸。说丢脸，主要不是指书本身——我在书中看到的蠢话比下流话多——而是想到书的作者阿贝尔，就是你的好友阿贝尔·沃蒂埃。我一页页看下去，并没有找见《时代》杂志的批评家所发现的"伟大天才"。在我们勒阿弗尔经常谈论阿贝尔的小圈子里，我听说这本书非常成功。这种不可理喻的庸俗无聊的才智，被称作"轻松自如"和"优美"。自不待言，我始终持谨慎的态度，只对你谈谈我的读后感。至于可怜的沃蒂埃牧师，开头他挺伤心，这也是理所当然的，后来就拿不定主意了，是不是应当引以为豪，因为周围的人都极力劝他相信儿子的成功。昨天在普朗蒂埃姑妈家，V太太突然说："令郎成绩斐然，牧师先生，您应当高兴才是！"他却有点惶恐不安，

---

① 苏是原法国辅助货币，现已用欧元取代。1法郎等于20苏。

回答说:"上帝啊,我还没有想到这一步……""您会想到的!您会想到的!"姑妈连声说道,她这话当然没有恶意,不过语气充满了鼓励,把所有人,包括牧师本人全逗笑了。据说报上已经载文,透露他正为一家通俗剧院创作剧本《新阿拜拉尔》,可是搬上舞台会怎么样呢?……可怜的阿贝尔!难道这就是他所渴望的成功,并要以此为满足吗?

昨天我阅读《永恒的安慰》,看到这段话:"凡真正渴求真正永恒的荣耀者,则必放弃世俗的荣耀;凡不能于内心鄙视世俗的荣耀者,则必不会爱上天的荣耀。"由此我想:我的上帝,感谢你选中杰罗姆当此上天的荣耀,而相比之下,另一种荣耀不值一提。

在单调的军营生活中,一周又一周,一月又一月流逝过去。然而,我的思想只能紧紧抓住回忆或者希望,倒也不怎么觉得时间过得多慢,时日多么漫长。

舅父和阿莉莎打算六月份去尼姆郊区看望朱丽叶,那是她的预产期;不过,那边的消息不太好,他们便提前动身了。

到尼姆之后,阿莉莎给我写信来:

你的上封信寄到勒阿弗尔时,不巧我们刚刚离开,经过一周才转到我手中,究竟是怎么回事儿呢?整整一周,我就跟丢了魂儿似的,又惊悚,又猜疑,虚弱得很。我的兄弟啊！只有同你在一起，我才能真正成为我自己，超越我自己……

朱丽叶身体状况有所好转，说不上哪天就分娩，我们等着，并不怎么担心。她知道我今天早晨给你写信。我们到达埃格-维弗的次日，她就问过我："杰罗姆呢，他怎么样啦？……他一直给你写信吗？……"我自然不能对她说谎。"你再给他写信时，就告诉他……"她迟疑一下，又含笑极为轻柔地说："……说我治好了。"——她给我写信总那么快活，只怕她是做戏骗我，也骗她自己……她今天用来营造幸福的东西，同她从前所梦想的大相径庭，而当初她的幸福应当取决于她所梦想的东西！……噢！所谓的幸福同心灵相去不远，而似乎构成幸福的外部因素则无足轻重！我独自在常青灌木丛那边漫步，有许多感触，这里就不赘述了。不过我要说一点：最令我惊讶的是，我并没有感到更快活。朱丽叶幸福了，我应当满心欢喜才是……然而为什么又无缘无故地伤感，而我却摆脱不掉这种情绪呢？……你从意大利给我写信那时候，我善于通过你观察万物；而现在，没有你时所看到的一切，似乎都是从你那儿偷来的。还有，我在封格斯马尔和勒阿弗尔，养成了忍耐雨天的抗力；可是到了这里，这种抗力用不上了，而我感到它派不上用场，心中便觉不安。当地人的笑容和景物令我不快，我所说的"忧愁"，也许仅仅不像他们那样喧闹罢了……毫无疑问，从前我的快乐中掺杂几分骄傲，因为现在，我来到这种陌生的欢快的氛围中，就有一种近似屈辱的感觉。

我来到这里之后，就未能怎么祈祷——我有一种幼稚的感觉，上帝不在原来的位置上了。再见，我马上就搁笔了。我感到羞愧，竟然这样亵渎上帝，表现出软弱和伤感，而且还老实承认，写信告诉你这一切，这封信如果今晚不寄走，明天我就可能撕掉……

接下来的一封信，就只谈了刚出生的小外甥女，打算请她做教母，朱丽叶多么高兴，舅父多么高兴，就是不提她本人的感想。

继而，又是从封格斯马尔写来的信，七月份朱丽叶去了那里……

今天早晨，爱德华和朱丽叶离开了我们。我最舍不得的还是我那小教女，半年之后再见面，恐怕认不出她的每一个动作了；而到现在为止，她的一举一动，无不是在我的注视下生发出来的。人的成长，总是那么神妙难测而令人惊讶！我们只是因为不大留意，才没有经常产生这种惊奇之感。有多少时辰，我俯瞰这充满希望的小摇篮。由于何等自私、自满和不求上进,人的这种发展就戛然而止,距离上帝那么远就固定下来呢?唉!假如我们能够,而且愿意靠上帝再近一点儿……那种竞赛该有多好啊!

看来朱丽叶很幸福。我见她放弃钢琴和阅读,起初还挺伤心。可是,爱德华·泰西埃不喜欢音乐,对书籍也没有什么大兴趣,因此,朱丽叶不去寻求不能与他分享的乐趣,也算是明智之举。反之,她对丈夫的营生渐渐发生兴趣,而丈夫也让她了解所有生意情况。今年,他的生意有很大发展,他还开玩笑地说,他结了这门婚事,才在勒阿弗尔赢得大量客户。最近这次外出洽谈生意,爱德华还让罗贝尔陪同,对他关怀备至,并说了解他的性格,可望他对这项工作实实在在产生兴趣。

父亲的身体好多了。眼见女儿幸福了,他也年轻起来,又开始关心农场、花园,有时还让我继续高声给他念书。前一阶段阿什布通小姐也在,我开始给他们念德·于伯奈男爵的游记,我对这本书也产生浓厚的兴趣,由于泰西埃一家人来才中断。现在,我有更多的时间用来读书,不过,我还等你给予指点。今天上午,我一连翻看了好几本书,对哪一本都不感兴趣!……

从这时候起,阿莉莎的信越发暧昧而急迫了。夏末,她在给我的信中这样写道：

　　我怕让你担心，就没有告诉你，我是多么盼望你回来。在重新见到你之前，我度日如年，每一天都压得我喘不上气来。还有两个月呀！我觉得比我们已经别离的全部时间还要长！我在等待中为了消磨时光所干的事儿，在我看来全是暂时性的，无足挂齿，我强制自己做什么都做不下去。书籍丧失了灵验，读起来索然无味；散步也吸引不了我；花园也黯然失色，没有了芳香，整个大自然都失去了魔力。我羡慕起你当兵的苦差事儿，羡慕不由你选择的强制训练。那种训练让你顾不了自己，让你疲惫不堪，鲸吞你的白天，而到了晚间，又把你困乏的身子推入梦乡。你向我谈到的操练，描绘得活灵活现，真叫我心神不宁。这几天夜晚我觉都睡不好，好几次惊醒，听见了起床号声，实实在在听到了。你说的那种微微的陶醉、清晨的那种轻快、那种惺忪的状态……我都能想象得真真切切。在清冷的灿烂曙光中，马尔泽维尔高原的景色该有多美！……

　　近来我的身体不大好。唔！也没有什么大事儿。大概只是因为盼你的心情急切了些。

六周之后，我又收到一封信：

我的朋友,这是我最后一封信了。你的归期虽然还未确定,但是也不会久了,因此我不能再给你写信了。本来我希望在封格斯马尔田庄与你相见,可是现在季节变得很糟,天气非常冷了,父亲开口闭口要回城。朱丽叶和罗贝尔都不在跟前,让你住在我们家一点问题也没有。不过,你最好住到菲莉西姑妈那里,她也会很高兴接待你的。

　　相见的日期迫近,我盼望的心情也越发焦急了,简直惶恐起来了。原先那么盼你回来,现在仿佛又怕你回来;我尽量不去想它。我想象听见你按门铃的声音、你上楼的脚步声,而我的心即刻停止跳动,或者感到不适⋯⋯尤其不要期望我能对你说什么⋯⋯我感到我的过去就此完结,往前什么也看不见。我的生命停止了⋯⋯

不料四天之后,即我复员的前一周,我又收到她一封短信:

　　我的朋友,我完全同意你的想法,不在勒阿弗尔逗留太久,也不把我们久别后第一次见面的时间拉得太长。我们在信中什么都写到了,见了面还有什么可说的呢?既然从二十八号起,你就得回巴黎注册,那你就别犹豫,甚至不要惋惜只同我们一起待了两天。我们不是有整整一生吗?

第六章

我们第一次见面是在姨妈家。我突然觉得服了兵役,自己变得滞重而笨拙了……事后我想到,她一定觉得我变样了。然而对我们来说,初见的这种错觉又有什么关系呢?——我这方面,开头还不敢怎么正眼看她,生怕不能完全认出她来了……不对,弄得我们这样不自在的,倒不如说是硬要我们扮演的未婚夫妇的这种荒唐角色,以及人人要走开、让我们单独在一起的这种殷勤态度。

"嗳,姑妈,你一点儿也不妨碍我们呀,我们并没有什么秘密事儿要说。"阿莉莎终于嚷起来,因为这位老人家要躲避的意图太明显了。

"不对!不对,孩子们!我非常了解你们,好久没见面了,总有一大堆小事儿,彼此要聊一聊……"

"求求你了,姑妈,你走开,就太让我们扫兴了。"阿莉莎说这话，声调带有几分火气，真叫我难以辨认了。

"姨妈，我向您保证，如果您走开，我们就一句话也不讲了。"我笑着帮腔，但是我们俩单独在一起，心里就萌生几分惶恐。于是，我们三个又接着说话，讲些无聊的事儿，每人都装出快活的样子，故意显得那么兴奋，以掩饰内心的慌乱。次日我们还要见面，舅父邀请我去吃午饭，因此这第一个晚上，我们倒也不难分手，而且还很高兴结束这场戏。

我提早好多时间到舅父家，不巧阿莉莎正同一位女友说话，不好意思打发走，而那位又不识趣，没有主动离去。等到终于只剩下我们两个人了，我还装作奇怪，为什么没有留人家吃饭。昨天一夜，我们都没有睡好觉，都显得无精打采，一副倦怠的样子。舅父来了。阿莉莎看出我觉得他老多了。他耳朵也背了，听不清我说什么。要让他听明白，我就只好大声嚷嚷，结果说出来的话也变蠢了。

午饭过后，普朗蒂埃姨妈如约开车来接我们，带我们去奥尔舍①，并打算回来时让我和阿莉莎步行一段路，因为那段路风景最美。

虽已深秋，可这天的天气却很热。我们步行的一段海岸阳光直射，没有什么魅力了。树木光秃秃的，一路没有遮阴的地

---

① 奥尔舍，法国普瓦图－夏朗德大区维埃纳省的一个市镇。

虽已深秋，可这天的天气却很热。我们步行的一段海岸阳光直射，没有什么魅力了。树木光秃秃的，一路没有遮阴的地方。

方。我们担心老人家的汽车在前边等久了，便不适当地加快了脚步。我头疼得厉害，根本想不出什么话茬儿，为了装作坦然一点儿，或者想借由免得说话，我就边走边拉着阿莉莎的手，而阿莉莎也任凭我拉着。一方面心情激动，快步走得气喘吁吁，另一方面彼此沉默又颇尴尬，结果我们的血液冲到脸上。我听见太阳穴怦怦直跳，阿莉莎的脸色也红得难看。不大工夫，我们感到手心出汗了，潮乎乎的，握在一起挺别扭，就干脆放开，各自伤心地垂了下去。

我们走得太急，到了路口却早早赶在汽车前面——姨妈走另一条路，为了给我们聊天的时间，她的车开得很慢。于是，我和阿莉莎就坐到路边的斜坡上。我们浑身出了汗，忽然吹来一股冷风，给了我们一激灵，我们又赶紧站起来，去迎姨妈的车子。……然而，最糟糕的还是可怜的姨妈过分的关心，她确信我们肯定说了很多话，就想问我们订婚的事儿。阿莉莎再也受不了了，泪水盈眶，推说头疼得厉害。结果回去这一路，大家都默默无语。

次日我醒来，就觉得腰酸背痛，有点儿感冒，浑身难受得很，直到下午才决定再去布科兰家。不巧阿莉莎有客人，是普朗蒂埃姨妈的孙女玛德兰·普朗蒂埃去了——我知道阿莉莎时常爱跟她聊天。她到祖母家住几天，一见我进屋便高声说：

"一会儿你离开这儿，要是直接回'山坡'，咱们就一起走吧。"

我机械地点了点头，这下子又不能跟阿莉莎单独谈谈了。不过，这个可爱的小姑娘在场，无疑帮了我们的忙，我们就不像昨天那样尴尬得要命了。我们三人很快就随便聊起来，谈话的内容也不像我开头担心的那样琐碎。我起身告辞的时候，阿莉莎冲我古怪地微微一笑，就好像到这时她还未明白，第二天我就要走了。再者，不久我们还会见面，因此我这次告别，也就没有出现伤感的场面。

可是，晚饭之后，我又感到隐隐不安，便下山进城，游荡了将近一小时，才决定再次去按布科兰家的门铃。这次是舅父出来接待我。阿莉莎身体不适，已经上楼回房间，一定是随即上床歇息了。我同舅父聊了一会儿，便起身离去……

几次见面都这么不凑巧，可是责怪又有什么用呢？就算事事如意，我们也会生出尴尬事儿来。这一点，阿莉莎也感觉到了，这比什么都让我心里难受。我刚回到巴黎，就接到她的来信：

> 我的朋友，这次见面多叫人伤心！你似乎在怪罪别人，可是这样连你自己都不信服。现在我终于明白了，将来恐怕就永远如此了。唔！求求你，我们再也不要见面了！
>
> 我们有多少话要讲，可是见了面，为什么这样别扭，有这种做作的感觉，为什么这样目瞪口呆，讲不出话来呢？你回来的第一天就沉默寡言，我还窃窃心

喜，以为你会打破沉默，对我讲些美妙的事情，不讲完是不会走的。

然而，去奥尔舍的那趟散步，我看多么凄苦，尤其我们拉在一起的手放开，无望地垂落下去，我就感到心痛欲碎。最令我伤心的倒不是你的手放开我的手，而是感到你不这样做，我的手也会放开的，既然它在你的手中不舒服了。

第二天，也就是昨天的事儿，我等了你一上午，简直要发疯了。我实在烦躁不安，在家待不住了，就给你留了个字条，让你到海堤那儿去找我。我久久凝望波涛汹涌的大海，可是独自观望海景，我心中又苦不堪言。我往回家走时，猛然想象你就在我的房间等我呢。我知道自己下午没有空：头一天玛德兰表示要来看我，我原以为上午能见到你，便约她下午来。不过，也许多亏有她在场，我们这次重逢才有这段唯一美好的时光。当时一阵工夫，我产生一种奇异的幻觉，似乎这种轻松的谈话会持续很久，很久……然而，你凑近我和玛德兰坐着的长沙发，俯身对我说"再见"时，我都未能应答，就觉得一切全结束了——我恍然大悟，你要走了。

你和玛德兰刚一走，我就感到这是不可能的，也是无法容忍的。你想不到，我又出门啦！还想跟你谈谈，把我没有对你说的话全讲出来。我已经抬脚朝普朗蒂埃家跑去……可是天色已晚，没时间了，我就未敢……我心中绝望，回到家给你写信……说我再也不想给你写信了……写一封诀别信……因为归根结底，我深深地感到，我们的全部通信无非一大幻影，我们每人，唉！不过是在给自己写信……杰罗姆！杰罗姆！噢！我们还是永远分开吧！

不错，我撕掉了这封信，可是，现在我给你重写一封，差不多还是原样。我的朋友啊，我对你的爱丝毫未减！非但未减，而且一当你靠近，我就心慌意乱，局促不安，从而比任何时候都更明显地感到，我爱你有多深，可又多么绝望。你应知道，因为我在内心必须承认：你离得远我爱你更深。唉！这种情况我早就料到！这次见面我是多么热切地企盼，却最终让我明白这一点；而你，我的朋友，你也应当深信不疑。别了，我深深爱着的兄弟，愿上帝保佑你并指引你——唯有靠近上帝才不受惩罚。

就好像这封信给我造成的痛苦还不够似的，她在第二天又加写这段附言：

在发信之前，我还得向你提一点要求：关系你我二人的事，你还是谨慎一些。你不止一次伤害了我，将我们之间的事儿告诉了朱丽叶或阿贝尔。正因为如此，我在你觉察之前，早就想到你的爱理性成分居多，是温情和忠诚在理智上的一种执意的表现。

毫无疑问，她是怕我向阿贝尔出示这封信才补充最后这几行文字。她看出了什么而起了疑心，才这样警觉起来了呢？难道她在我的言谈话语中，早就看出我朋友出过主意的影子吗？……

其实从那以后，我感到同他疏远多了！我们已经分道扬镳。我已经学会独自承受折磨我的忧伤的重负，阿莉莎的这种嘱咐显然是多余的。

一连三天，我一味地抱怨，想给阿莉莎写信，又顾虑多多，怕争论起来太认真，申辩起来太激烈，又怕哪个词用得不当，揭了我们的伤疤而难以医治了。我的爱情在奋力挣扎的这封信，不知反复写了多少遍。今天拿起来再看，每次都要流泪，泪水会浸湿我终于决定寄出去的这封信的副本：

阿莉莎！可怜可怜我，可怜可怜我们俩吧！……你的信叫我心里难过。对于你的种种担心，我真希望一笑置之！对，你写给我的这些，我早就有所感觉，只是不敢承认而已。你把纯粹臆想的东西当成多么可怕的现实，又极力把它加厚隔在我们中间！

如果你感到对我的爱减弱了……噢！这种残忍的设想，跟我的头脑不沾边，也遭到你这封信从头至尾的否定！那么，你这种一时的恐惧又有什么要紧的呢？阿莉莎！我一要讲道理，语句就僵硬冻结了，只能听见自己这颗心在痛苦呻吟了。我爱你爱得太深，就无法显得机灵；我越爱你，就越不会跟你说话。"理性的爱"，让我怎么回答好呢？我对你的爱，是发自我的整个灵魂，怎么能划分得开我的理智和感情呢？既然我们的通信为你诟病，既然通信将我们抬得很高，又将我们抛入现实中而遭受重创，既然你现在认为，你写信只是给自己看的，既然我没有勇气再看到一封类似的信，那么求求你了，我们就暂时停止书信来往吧。

我在信中接着表示不同意她的判决，要求重新审议，恳请她再安排一次会面。而刚结束的这次见面，处处不顺，背景条件、配角人物、季节都不利，就连我们热情洋溢的通信，也没有慎重地为我们做心理准备。而这一次，我们会面之前要完全保持沉默。我还希望春天，将会面安排在封格斯马尔田庄，那里有过去的时光为我辩护，舅父也愿意在复活节假日接待我，至于多住些日子还是少住两天，那就看她高兴成什么样子。

我主意已定，信一发出去，就专心投入学习中了。

可是还未到年底，我就又见到阿莉莎了，只因近几个月来，阿什布通小姐身体渐渐不支，在圣诞节前四天去世了。我服兵役回来，就同她住在一起，基本上没有离开过，是看着她咽气的。阿莉莎寄来一张明信片，表明她挂念我的哀痛，更切记我们保持沉默的誓愿。她赶头一趟火车来，再乘第二趟火车返回，只来参加葬礼，因为舅父来不了。

送葬几乎只有我们两个人，我们跟随灵柩，并排走着，一路上没有说几句话。然而到了教堂，她坐到我身边，有好几次我觉出，她朝我投来深情的目光。

"就这么定了，"临别时她对我说，"复活节前什么也不谈。"

"好吧，可是到了复活节……"

"我等你。"

我们走到了墓地门口，我提出陪她去车站，而她却一招手叫住一辆车，连句告别的话也没讲就走了。

送葬几乎只有我们两个人，我们跟随灵柩，并排走着，一路上没有说几句话。然而到了教堂，她坐到我身边，有好几次我觉出，她朝我投来深情的目光。

第七章

"阿莉莎在花园里等你呢。"舅父像父亲一样吻了我,对我说道。我是四月底来到封格斯马尔田庄的,没有看到阿莉莎立刻跑来迎我,开头还颇感失望,但是很快又心生感激,是她免去了我们刚见面时的俗礼寒暄。

她在花园里端。我朝圆点路走去,只见紧紧围着圆点路有丁香、花楸、金雀花和锦带花等灌木,这个季节正好鲜花盛开。我不想远远望见她,或者说不想让她瞧见我走近,便从花园另一侧过去,沿着一条树枝遮护的清幽小径,脚步放得很慢。天空似乎同我一样欢快,暖融融、亮晶晶的,一片纯净。她一定以为我要从另一条花径过去,因此我走到近前,来到她身后,她还没有听见。我站住了……就好像时间也能同我一道停住似的。我心中想道:就是这一刻,也许是最美妙的一刻,它在幸福到来之前,甚至胜过幸福本身……

我想走到跟前跪下，走了一步，她却听见了，霍地站起来，手中的刺绣活儿也失落到地上。她朝我伸出双臂，两手搭在我肩上。我们就这样待了片刻。她一直伸着双臂，满脸笑容地探着头，一言不发，只是温情脉脉地凝视我。她穿了一身白衣裙。在她那张有些过分严肃的脸上，我重又发现她童年时的笑容……

"听我说，阿莉莎，"我突然高声说道，"我有十二天假期，只要你不高兴，我一天也不多留。现在我们定下一个暗号，标示次日我应该离开封格斯马尔。而且到了次日，我说走就走，既不责怪谁，也不发怨言。你同意吗？"

这话事先没有准备，我讲出来更为自然。她考虑了片刻，便说道：

"这样吧，晚上我下楼吃饭，脖子上如果没戴你喜爱的那枚紫晶十字架……你会明白吗？"

"那就是我在这里住的最后一晚。"

"你能那样就走吗？不流泪，也不叹息……"

"而且不辞而别。最后一晚，还像头一天晚上那样分手，极其随便，会引你心中犯起合计：他究竟明白了没有？可是第二天早晨，你再找我，就发现我悄然离去。"

"第二天，我也不会寻找你。"

我接住她伸过来的手，拉到唇边吻了吻，同时又说道：

"从现在起，到那决定命运的夜晚，不要有任何暗示，以免让我产生预感。"

"你也一样,不要暗示即将离开。"

现在,该打破这种庄严的会面可能在我们之间造成的尴尬气氛,我又说道:

"我热切希望在你身边的这几天,能像平常日子一样……我是说,我们二人,谁也不觉得有什么特别的。再说……假如我们一开始别太急于要谈……"

她笑起来。我则补充说:

"我们就一点儿也没有可以一起干的事了吗?"

我们始终对园艺感兴趣。新近来的花匠不如原来那个有经验,花园放了两个月,好多处需要修整。有些蔷薇没有剪枝,有的长得很茂盛,但是枯枝壅塞;还有的支架倒塌,枝蔓乱爬;另外一些疯长的,夺走了其他枝叶的营养。这些花大多是我们从前嫁接的,都还认得自己干的活儿,但是照料起来,费时费工,占去了我们头三天的时间。我们也说了许多话,绝没有涉及严肃的事儿,沉默的时候,也没有冷场的沉重之感。

我们就这样彼此重又习惯了。我不想做任何解释,还是倚重于这种习惯。就连分离的事儿,也被我们淡忘了;同样,我常常感到的她内心的那种畏惧,以及她所担心我的灵魂深处的那种矛盾,也都已锐减。阿莉莎显得容光焕发,比我秋天那次可悲的探访时强多了,在我看来比任何时候都更美丽。我这次来,还没有拥抱过她。每天晚上,我都看见金链吊着紫晶小十字架,在她胸衣上闪闪发亮。我有了信心,希望也就在我心中复萌了。我说什么,希望?已经是深信不疑了,而且我想象阿莉莎也会有同感。我对自己没有什么怀疑了,因而对她也不再心存疑虑了。我们的谈话逐渐大胆起来。

一天早晨,空气温馨欢悦,我们感到心花怒放,我不禁对她说:

"阿莉莎,朱丽叶现在生活幸福美满了,你就不能让我们俩也……"

我说得很慢,眼睛注视她,忽见她的脸唰地失去血色,异乎寻常地惨白,我到嘴边的话都没有说完。

"我的朋友!"她说道,但是目光没有移向我,"在你身边,我感到非常幸福,超出了我想象中人所能得到的;不过,要相信我这话:我们生来并不是为了幸福。"

"除了幸福,心灵还有什么更高的追求呢?"我冲动地嚷道。

她却喃喃地说:"圣洁……"这话说的声音极低,我不如说是猜出来的,而不是听到的。

我的全部幸福张开翅膀,离开我冲上云天。

"没有你,我根本达不到。"我说道。我随即将额头埋到她双膝里,像孩子一样哭起来,但流的不是伤心泪,而是爱情泪。我又重复说:"没有你不行,没有你不行!"

这一天像往日一样过去了。然而到了晚上,阿莉莎没有戴那枚紫晶小十字架。我信守诺言,次日拂晓便不辞而别。

我离开的第三天,收到这样一封古怪的信,开头还引了莎士比亚剧中的几句诗：

> 又弹起这曲调，节奏逐渐消沉，
> 经我耳畔，如微风吹拂紫罗兰；
> 声音轻柔，偷走紫罗兰的清芬，
> 偷走还奉送。够了，不要再弹；
> 现在听来，不如从前那样香甜。……

不错！我情不自禁，一上午都在寻找你，我的兄弟！我无法相信你真的走了，心中还怨你信守诺言。我总想：这是场游戏，我随时会看到他从树丛后面出来。其实不然！你果真走了。谢谢。

这天余下来的时间，我的头脑就一直翻腾着一些想法，希望告诉你——而且，我还产生一种真切的、莫名其妙的担心，这些想法，我若是不告诉你，以后就会觉得对不住你，该受你的谴责。

你到封格斯马尔的头几个小时，我就感到在你身边，整个身心都有一种奇异的满足，我先是惊讶，很快又不安了。你对我说过："十分满足，此外别无他求！"唉！正是这一点令我不安……

我的朋友，我怕让你误解，尤其怕你把我心灵纯粹强烈感情的表露，当作一种精妙的推理（噢！若是推理，该是多么笨拙啊！）。

"幸福如不能让人满足，那就算不上幸福"，这是你对我说的，还记得吗？当时，我不知道如何回答好。——不，杰罗姆，幸福不能让我们满足。杰罗姆，它也不应该让我们满足。这种乐趣无穷的满足感，我不能看作是真实存在的。我们秋天见面时不是已经明白，这种满足掩盖多大的痛苦吗？……

真实存在的！嗳！上帝保佑并非如此！我们生来是为了另一种幸福……

我们以往的通信毁了我们秋天的会面，同样，回想你昨天跟我在一起的情景，也消除了我今天写信的魅力。我从前给你写信时的那种陶醉心情哪里去了？我们通过书信，通过见面，耗尽了我们的爱情所能期望的全部最单纯的快乐。现在，我忍不住要像《第十二夜》的奥西诺那样高喊："够了！不要再弹！现在听来，不如刚才那么香甜。"

别了，我的朋友。"从现在开始爱上帝吧"[①]。唉！你能明白我是多么爱你吗？……一生一世我都将是你的。

阿莉莎

我对付不了美德的陷阱。凡是英雄之举，都会令我眼花缭

---

① 原文为拉丁文。

乱，倾心仿效，因为我没有把美德从爱情中分离出去。阿莉莎的信激发出我的最轻率的热忱。上帝明鉴，我仅仅是为了她，才奋力走上更高的美德之路。任何小径，只要是往上攀登，都能引我同她会合。啊！地面再怎么忽然缩小也不为快，但愿最后只能载我们二人！唉！我没有怀疑她的巧饰，也难以想象她能借助峰巅再次逃离我。

我给她回了一封长信，只记得其中这样一段比较清醒的话：

> 我经常感到，爱情是我保存在心中最美好的情感，我的其他所有品质都挂靠在上面。爱情使我超越自己，可是没有你，我就要跌回到极平常极平庸的境地。正因为抱着与你相会的希望，我才总认为多么崎岖的小径也是正道。

不记得我在信中还写了什么，促使她在复信中写了这样一段话：

> 可是，我的朋友，圣洁不是一种选择，而是一种天职。如果你是我当初认为的那种人，那么，你也同样不能逃避这种天职。

在她的信中，"天职"这个词下面画了三条线强调。

121

完了。我明白了，确切地说我有预感，我们的通信到此打住，无论多么狡猾的建议，多么执着的意愿，也无济于事了。

然而，我还是怀着深情给她写长信。我寄出第三封信后，便收到这封短信：

我的朋友：

绝不要以为我决意不再给你写信了，我只是对信没有兴趣了。不过，你的几封信还是让我开心，但是我越来越自责，不该在你的思想里占这么大位置。

夏天快到了。这段时间我们就不写信了，九月份后的半个月，你就来封格斯马尔，在我身边度过吧。你同意吗？如果同意，就不必回信了。我把你的沉默视为默许，但愿你不给我回信。

我没有回信。毫无疑问，这种沉默不过是她给我安排的最后的考验。经过数月学习和数周旅行之后，我回到封格斯马尔田庄时，就完全心平气和、深信不疑了。

开头连我自己也弄不清楚的事情，三言两语怎么就能立刻说明白呢？从那时起，我整个儿陷入了悲痛，除了原因，我在这里还能描绘什么呢？因为，我未能透过最虚假的外表，感受到一颗还在搏动的爱恋的心，至今我在自身也找不出可以自我原谅的东西，而起初我只看见这种外表，却认不出自己的女友，便责怪她……不，阿莉莎，即使在当时，我也不责怪你！只是因为认不出你而绝望地哭泣。现在再看你缄默的诡计和残忍的伎俩，我就能衡量出这种爱的力量，那么你越是残酷地伤我的心，我不是越应该爱你吗？

鄙夷？冷漠？都不是，根本不是人力可以制胜的东西，不是我能与之搏斗的东西。有时我甚至犹豫，怀疑我的不幸是不是庸人自扰，须知这种不幸的起因始终极其微妙，而阿莉莎始终极其巧妙地装聋作哑。我又能抱怨什么呢？她接待我时，比以往任何时候都更加笑容满面，更加殷勤和关切。第一天，我差不多被迷惑住了……她换了一种发式，头发平平地梳向后边，衬得面部线条非常直板，表情也变样了。同样，她穿了一件色彩黯淡的粗布料胸衣，极不合体，破坏了她那身段的风韵……然而归根结底，这些又有什么关系呢？她若想弥补，这些都不在话下，而且我还盲目地想，第二天她就会主动地，或者应我的请求改变……我更为担心的是她这种殷勤关切的态度，这在我们之间是极不寻常的，只怕这是出自决心而非激情，如果冒昧地讲，出自礼貌而非爱情。

晚上，我走进客厅，发现原来位置上的钢琴不见了，不禁奇怪，便失望地叫起来。

"钢琴送去修了，我的朋友。"阿莉莎回答，声调十分平静。

"我跟你说过多少次，孩子，"舅父说道，责备的口气相当严厉,"你一直用到现在,弹着不是挺好嘛,等杰罗姆走了再送去修也不迟,何必这么急,剥夺我们一大乐趣……"

"唉,爸爸,"阿莉莎脸红了,扭过头去说,"近来钢琴的音色特别沉浊,就是杰罗姆怕也弹不成调子。"

"你弹的时候,听着也不那么糟嘛。"舅父又说道。

有一阵工夫,阿莉莎头俯向暗影里,仿佛专心计数椅套的针脚,然后她突然离开房间,过了好久才回来,用托盘给舅父端来每晚要服的药茶。

第二天,她的发型未改,胸衣也未换。她和父亲坐在屋前的长椅上,又拿起昨晚就赶着做的针线活儿,确切地说是缝补活儿。旁边一个大篮子,装满了旧袜子,她全掏出来,摊在长椅上和桌子上。几天之后,又接着缝补毛巾、床单之类的东西……她的精神全用在活儿上,嘴唇失去任何表情,眼睛也尽失光亮。

第一天晚上,就是这张没了诗意的面孔,我几乎认不出了,注视了好一会儿,也不见她对我的目光有所觉察,我几乎惊恐地叫了一声:·

"阿莉莎!"

"什么事儿?"她抬起头来问道。

"我就想瞧瞧你能不能听见我说话。你的心思好像离我特别远。"

"不,我就在这儿;不过,这类缝缝补补的活儿要求非常专心。"

"你缝补这工夫，要我给你念点儿什么吗？"

"只怕我不能注意听。"

"你为什么挑这样劳神的活儿干呢？"

"总得有人干呀。"

"有很多穷苦女人，干这种活儿是为挣口饭吃。你非干这种费力不讨好的活儿，总不是为了省几个钱吧？"

她立刻明确对我说，干这种活儿最开心，好长一段时间以来，她就不干别的活儿了，恐怕全生疏了……她含笑说这些情况，温柔的声音也从来没有如此让我伤心。"我说的全是自然而然的事儿，你听了为什么愁眉苦脸呢？"她那张脸分明这样说。我的心要全力抗争，但只能使我窒息，连话都到不了嘴边。

第三天，我们一起去摘玫瑰花，然后，阿莉莎让我把花儿送到她房间去。这一天，我还没有进过她的房门。我心中立刻萌生多大希望啊！因为当时，我还怪自己不该这样伤心呢——她一句话，就能驱散我心头的乌云。

每次走进她的房间，我心情总是很激动，不知道屋里是怎么布置的，形成一种和谐而宁静的氛围，一看就认出是阿莉莎所特有的。窗帘和床帷下蓝色的暗影，桃花心木的家具亮晶晶的，一切都那么整齐、洁净和安谧，一切都向我表明她的纯洁和沉思之美。

那天早晨我走进屋,发现我从意大利带回的马萨乔①两幅画的大照片,从她床头的墙上消失了。我感到诧异,正要问她照片哪儿去了,目光忽又落到旁边摆着她喜爱的书的书架上,发现一半由我送的、一半由我们共同看的书慢慢积累起来的小书库,全部搬走了,换上了清一色毫无价值的、想必她会嗤之以鼻的宗教宣传小册子。我又猛然抬起头,看见阿莉莎笑容可掬——不错,她边笑边观察我。

"请原谅,"她随即说道,"是你这副面孔惹我发笑,你一看见我的书架,脸就失态了……"

我可没有那份心思开玩笑。

"不,说真的,阿莉莎,你现在就看这些书吗?"

"是啊,有什么奇怪的?"

"我是想,一个聪明的人看惯了精美的读物,再看这种乏味的东西,难免不倒胃口。"

"你这话我就不明白了,"她说道,"这是些朴实的心灵,同我随便聊天,尽量表达明白,我也喜欢和他们打交道。我事先就知道,我们双方都不会退让——他们绝不会上美妙语言的圈套,而我读他们时,也绝不会欣赏低级趣味。"

"难道你只看这些了吗?"

"差不多吧。近几个月来,是这样。再说,我也没有多少

---

① 马萨乔(1401—1428),意大利文艺复兴绘画的奠基人,被称为"现实主义开荒者"。

看书的时间了。不瞒你说，就在最近，我想再看看你从前教我欣赏的伟大作家的书，就感觉自己像《圣经》里所讲的那种人，极力拔高自己的身长。"

"你读的是哪位伟大的作家，结果给了你这样古怪的自我评价。"

"不是他给我的，而是我读的时候自然产生的……他就是帕斯卡尔①。也许我碰上的那一段不大好……"

我不耐烦地打了个手势。她说话的声音清亮而单调，就像背书似的，眼睛一直盯着花束，插花摆弄起来没个完。她见了这个手势，略停了一下，然后又以同样的声调说下去：

"处处是高谈阔论，令人惊讶，费了多大的气力，只为了证明一点点东西。有时我不免想，他那慷慨激昂的声调，是不是来自怀疑，而不是发自信仰。完美的信仰没有那么多眼泪，说话的声音也不会那么颤抖。"

"这种颤抖和眼泪，才显出这声音之美。"我还想争辩，但是没有勇气了，因为在这些话里，根本见不到我从前在阿莉莎身上所珍爱的东西。这次谈话，我是根据回忆如实地记录下来的，事后未作一点修饰或编排。

"如果他不从现世生活中先排除欢乐，"她又说道，"那么

---

① 帕斯卡尔（1623—1662），17世纪法国著名的数学家、物理学家、文学家和哲学家。他的《思想录》以富有哲理的警世名言而晓喻全球。他也是一位虔诚的基督教徒。

在天平上，现世生活就会重于……"

"重于什么？"我说道，听了她这种古怪的话不禁愕然。

"重于他所说的难以确定的极乐。"

"这么说你也不相信啦？"我高声说道。

"这无关紧要！"她接着说，"我倒希望极乐是无法确定的，以便完全排除交易的成分。热爱上帝的心灵走上美德之路，并不是图回报，而是出于高尚的本性。"

"这正是隐藏着帕斯卡尔的高尚品质的秘密怀疑论。"

"不是怀疑论，而是冉森派教义[①]，"阿莉莎含笑说道，"我当初要这些有什么用呢？"她扭头看那些书，接着说道："这些可怜的人，自己也说不清究竟属于冉森派、寂静派[②]，还是别的什么派。他们拜伏在上帝面前，就像风吹倒的小草，十分单纯，心情既不慌乱，也谈不上美。他们自认为很渺小，知道只有在上帝面前销声匿迹，才能体现出一点儿价值。"

"阿莉莎！"我高声说道，"你为什么要作践自己？"

她的声音始终那么平静、自然，相比之下，我倒觉得自己这种感叹显得尤为可笑。

她又微微一笑，摇了摇头。

"最后这次拜访帕斯卡尔，我的全部收获……"

---

① 冉森派，17世纪上半叶在法国出现并流行的基督教教派，信奉人生而有罪的"原罪"说。
② 寂静派，主张人要修德成圣在于绝对寂静的天主教神修学派。

"是什么呢？"我见她住了口，便问道。

"就是基督的这句话：'要救自己的命者，必然丧命。'至于其余部分，"她笑得更明显，还定睛看着我，接着说道："其实，我几乎看不懂了。跟小人物相处一段时间之后，也真怪了，很快就受不了大人物的那种崇高了。"

我心情这样慌乱，还能想到什么回答的话吗？……

"今天如果需要我同你一起读所有这些训诫、这些默祷……"

"嗳！"她打断我的话，"我若是见到你看这些书，会感到很伤心的！我的确认为，你生来适于干大事业，不应该这样。"

她说得极其随便，丝毫也没有流露出她意识到，这种绝情话能撕裂我的心。我的头像一团火，本想再说几句话，哭一场——说不定我的眼泪会战胜她；然而，我的臂肘支在壁炉上，双手捧着额头，待在那里一句话也讲不出来。阿莉莎则继续安安静静地整理鲜花，根本没有瞧见我的痛苦，或者佯装没有瞧见……

这时，午饭的第一次铃声响了。

"无论如何我也赶不上吃午饭，"她说道，"你快去吧。"就好像这纯粹是一场游戏似的，她又补充一句：

"以后我们接着再谈。"

这场谈话没有接续下去。我总是抓不住阿莉莎，倒不是她故意躲避我，然而总碰到事儿，一碰到就十分紧迫，必须马上处理。我得排队等待，等她料理完层出不穷的家务，去谷仓监

129

视完修理工程，再拜访完她日益关心的佃户和穷人，这才轮到我。剩下来归我的时间少得可怜，我见她总那么忙忙碌碌。不过，也许我还是通过这些庸庸琐事，并且放弃追逐她，才最少感到自己有多么失意。而极短的一次谈话，却能给我更多的警示。有时，阿莉莎也给我片刻时间，可实际上是为了迁就一种无比笨拙的谈话，就像陪一个孩子玩儿似的。她匆匆走到我跟前，漫不经心，笑吟吟的，给我的感觉十分遥远，仿佛与我素昧平生。我在她那笑容里，有时甚至觉得看出某种挑战，至少是某种讥讽，看出她是以这种方式躲避我的欲望为乐……然而，我随即又转而完全怪怨自己，因为我不想随意责备别人，自己既不清楚期待她什么，也不清楚能责备她什么。

原以为乐趣无穷的假日，就这样一天天过去了。每一天都极大地增加我的痛苦，因而我惊愕地注视着一天天流逝，既不想延长居留的时间，也不想减缓其流逝的速度。然而，就在我动身的两天前，阿莉莎陪我到废弃的泥炭石场。这是秋天一个清朗的夜晚，一点儿雾气也没有，就连天边蓝色的景物都清晰可辨，同时也看见了过去最为飘忽不定的往事——我情不自禁抱怨起来，指出我丧失多大的幸福，才造成今天的不幸。

"可是，我的朋友，对此我又能怎么样呢？"她立刻说道，"你爱上的是一个幽灵。"

"不，绝不是幽灵，阿莉莎。"

"那也是个臆想出来的人物。"

"唉！不是我杜撰出来的。她曾是我的女友，我要把她召回来。阿莉莎！阿莉莎！你是我曾经爱的姑娘。你到底把自己怎么啦？你把自己变成了什么样子？"

她默然不答，低着头，慢慢揪下一朵花的花瓣，过了半晌才终于开口：

"杰罗姆，为什么不直截了当地承认，你不那么爱我了？"

"因为这不是真的！因为这不是真的！"我气愤地嚷道，"因为我从来没有这样爱过你。"

"你爱我……可你又为我惋惜！"她说道，想挤出个微笑，同时微微耸了耸肩。

"我不能把我的爱情置于过去。"

我脚下的地面塌陷了，因而我要抓住一切……

"它同其他事物一样，也必然要过去。"

"这样一种爱情，只能与我同生死。"

"它会慢慢削弱的。你声称还爱着的那个阿莉莎，只是存在于你的记忆中了。有朝一日，你仅仅会记得爱过她。"

"你说这种话，就好像有什么能在我心中取代她的位置，或者，就好像我的心能停止爱似的。你这么起劲地折磨我，难道就不记得你也曾经爱过我吗？"

我看见她那苍白的嘴唇颤抖了。她声音含混不清，喃喃说道：

"不，不，这一点在阿莉莎身上并没有变。"

"那么什么也不会改变。"我说着，便抓住她的胳臂……

她定下神儿来，又说道：

"有一句话,什么都能解释明白,你为什么不敢说出来呢?"

"什么话?"

"我不再年少了。"

"请别这样说……"

我立即争辩,说我本人也老了,同她一样。我们年龄相差多少还是多少……这工夫,她又镇定下来,唯一的时机错过了,我一味争辩,优势尽失,又不知所措了。

两天之后,我离开了封格斯马尔,走时心里对她和对我自己都不满意,还对我仍然称为"美德"的东西隐隐充满仇恨,对我始终难以释怀的心事也充满怨愤。最后这次见面,我的爱情这样过度表现,似乎耗尽了我的全部热情。阿莉莎说的话,我乍一听总是起而抗争,可是等我的申辩声止息之后,她的每句话却以胜利的姿态,活跃在我心中。唉!毫无疑问,她说得对!我所钟爱的,不过是一个幽灵了:我曾爱过并依然爱着的阿莉莎,已经不复存在……唉!不用说,我们都老啦!诗意消失,面对这种可怕的局面,我的心凉透了。可是归根结底,诗意消失不过是回归自然,无须大惊小怪。如果说我把阿莉莎捧得过高,把她当成偶像供奉,并用我所喜爱的一切美化了她,那么我长时间的苦心经营,最后剩下了什么呢?……阿莉莎刚一自行其是,便回到本来的水平,平庸的水平上,而我本人也一样,但是在这种水平上,就没有爱她的欲望了。哼!纯粹是我的力量将她置于崇高的地位，而我又得竭尽全力追求美德去会她。现在看来，我这种努力该有多么荒谬而空幻啊！如果不那么好高骛远，我们的爱情就容易实现了……然而，从此以后，坚持一种没有对象的爱，又有什么意义呢？这就是固执，而不是什么忠心了。忠于什么呢？——忠于错误。干脆承认自己错了，不是最为明智吗？……

这期间，我接受推荐，要立即进入雅典学院，倒不是怀着多大抱负和兴趣，而是一想到走就高兴，好像一走就全摆脱了。

第八章

不过,我又见到了阿莉莎……是三年之后的事儿了,夏季快要过去的时候。在那之前约十个月,阿莉莎来信告诉我舅父病故。当时我正游览巴勒斯坦,便写了一封颇长的回信,但是没有得到回音……

后来,忘了是借什么事情,我到了勒阿弗尔,信步就自然走到封格斯马尔田庄。我知道进去能见到阿莉莎,但又怕她有别人。我事先没有通知一声,又不愿意像普通客人那样登门拜访,于是心中迟疑,举足不前:我进去呢,还是连面也不见一见就走呢?……对,当然不见更好。我只是在林荫路上走一走,在长椅上坐一坐就行了——也许她还时常去闲坐……我甚至开始考虑留下个什么标记,能向她表明我到过这里又走了……我就这样边想边缓步走着,既已决定不见面,内心悲怆的凄苦就化为淡淡的忧伤了。我已经走上林荫路,怕被人撞见,便走在旁边的人行道上,正好沿着田庄大院围墙的斜坡。我知道斜坡有一处能俯瞰花园,攀登上去,就看见一名我认不出来的花匠在耙平一条花径,转眼他就从我的视野消失了。大院的新栅栏门关着。看家狗听见我经过,便吠了起来。再走出不远,林荫路到头了,我就拐向右边,又来到花园的围墙下,接着想去同我刚离开的林荫路平行的山毛榉树林。在经过菜园的小门时,忽然产生一个念头:从小门进到花园里去。

小门用门闩插着,但是不堪一撞,我正要用肩头撞开……这时忽听有脚步声,我便躲到墙角。

我看不着是谁从花园里走出来,但听声音我能感到是阿莉莎。她朝前走了三步,低声唤道:

"是你吗,杰罗姆?"

我这颗怦怦狂跳的心,戛然停止跳动,喉头一发紧,连话也讲不出来。于是,她又提高嗓门,重复问道:

"杰罗姆,是你吗?"

听她这样呼唤我,我的心情激动极了,不禁双膝跪下。由于我一直没有应声,阿莉莎又朝前走了几步,转过墙角,我就突然感到她近在咫尺——近在咫尺,而我却用手臂遮住脸,就仿佛害怕马上见到她似的。她俯身看了我半晌,而我则吻遍了她两只柔弱的手。

"你为什么躲起来呢?"她问道,语气十分自然,就好像

小门用门闩插着，但是不堪一撞，我正要用肩头撞开……这时忽听有脚步声，我便躲到墙角。

不是分别三年,而是只有几天没见面。

"你怎么知道是我?"

"我在等你。"

"你在等我?"我万分惊讶,只能用疑问的口气重复她的话……

她见我还跪在地上,便说道:

"走,到长椅那儿去。不错,我就知道还能见你一面。这三天,每天傍晚我都来这儿,就像今天傍晚这样呼唤你……你为什么不应声呢?"

"如果不是被你撞见,我连面也没见你就走了。"我说道,并且极力控制刚见面时按捺不住的激动心情,"我路过勒阿弗尔,只是想在这林荫路上走一走,在花园周围转一转,到泥炭矿场的长椅上坐一会儿,想必你还常来坐坐,然后就……"

"瞧瞧这三天傍晚,我来这儿读什么了。"她打断我的话,递给我一包信。我认出这正是我从意大利给她写的信。这时我抬起眼睛,见她样子变得厉害,又瘦又苍白,不觉心如刀绞。她紧紧偎着我,压在我的手臂上,就好像感到害怕或者发冷似的。她还身穿重孝,头饰仅仅扎着黑色花边发带,从两侧衬得她的脸愈显苍白。她面带微笑,可是整个人儿好像要瘫倒。我不安地问她,现在是否单独一人住在封格斯马尔。不是,罗贝尔和她在一起。八月份,朱丽叶、爱德华和三个孩子也来住过一段时间……我走到长椅跟前坐下,这种询问生活状况的谈话,又继续了一阵。她问我工作情况,我很不愿意回答,要让她感到我对工作没有兴趣了。我就是要让她失望，正如她让我失望一样。然而，她却不动声色，我也不知道是否达到了目的。至于我，既满腔积怨，又满怀深情，极力用最冷淡的口气跟她说话，可是又恨自己不争气，说话的声音有时因为心情激动而颤抖。

夕阳被云彩遮住一阵工夫，要落下地平线时又露出头来，几乎正对着我们，一时颤动的霞光铺满空旷的田野，突然涌进我们脚下的小山谷。继而，太阳消失了。我满目灿烂的霞光，什么话也没有讲，只觉得沐浴在金色的辉光中，心醉神迷，怨恨的情绪随之烟消云散，内心只有爱这一种声音了。阿莉莎一直俯身偎着我，这时直起身来，从胸口掏出一个薄纸小包，要递给我，但欲递又止，似乎迟疑不决。她见我惊讶地看着她，便说道：

"听我说，杰罗姆，这是我的紫晶十字架，这三天傍晚一直带在身上，因为，我早就想给你了。"

"给我有什么用？"我口气相当生硬地说道。

"给你女儿，算是你留着我的一个念想。"

"什么女儿？"我不解地看着阿莉莎，高声说道。

"求求你，平心静气地听我说。别，不要这样注视我，不要注视我，本来我就很难开口。不过，这话，我非得跟你讲不可。听我说，杰罗姆，总有那么一天，你要结婚吧？……别，不要回答我，不要打断我的话，我恳求你了。我仅仅想让你记住我曾经非常爱你，而且……我早就有这个念头了……存在心里三年了……你喜爱的这个小十字架,将来有一天,让你的女儿戴上,就算是对我的纪念,唔!但她不知道是谁的……你给她起名的时候……或许也可以用我这名字……"

她声音哽咽,说不下去了。我几乎充满敌意地嚷道:

"你干吗不亲手给她呢?"

她还要说什么。她的嘴唇像抽泣的孩子那样翕动,但是没有流下眼泪。她那眼神异常明亮,显得那张脸流光溢彩,具有一种超凡的天使般的美。

"阿莉莎!我能娶谁呢?你明明知道我爱的只能是你……"猛然,我拼命地一把搂住她,近乎粗鲁地把她搂在我怀里,用力亲吻她的嘴唇。一时间,她似乎顺从了,半倒在我怀里,只见她的眼神模糊了,继而合上眼帘,同时又以一种在我听来无比准确、无比和谐的声音说道:

"可怜可怜我们吧,我的朋友!噢!不要毁了我们的爱情。"

也许她还说过:做事不要怯懦!也许这是我自言自语,我也弄不清了。不过,我倒是突然跪到她面前,情真意笃地抱住她,说道:

"你既然这样爱我,为什么要一直拒绝我呢?你瞧!我先是等朱丽叶结了婚,我明白你也是等她生活幸福了;现在她幸福了,这是你亲口对我讲的。好长一段时间我以为,你要继续生活在父亲身边,可是现在,只剩下我们两个人了。"

"唔!过去就过去了,我们不要懊悔,"她喃喃说道,"现在，这一页我已经翻过去了。"

"现在还来得及，阿莉莎。"

"不对，我的朋友，来不及了。还记得那一天吧，我们出于相爱，就彼此抱着高于爱情的期望，从那一天起就来不及了。多亏了你呀，我的朋友，我的梦想升到极高极高，再谈任何世间的欢乐，就会使它跌落下来。我时常想，我们在一起生活是什么情景：一旦我们的爱情……不再完美无缺了，我就不可能再容忍……"

"你是否想过，我们没有对方的生活是什么情景吗？"

"没有！从来没有。"

"现在，你看到啦！这三年来，没有你，我艰难地流浪……"

夜幕降临。

"我冷。"她说着便站起来，用披肩紧紧裹住身子，让我无法再挽起她的手臂了。"你还记得《圣经》的这一节吧，当时我们为之不安，担心没有很好理解：'他们没有得到许诺给他们的东西，因为上帝给我们保留了更美好的……'"

"你始终相信这些话吗？"

"不能不信。"

我们并排走着，谁也没有再说话。过了一会儿，她才接着说道：

"你想象一下吧，杰罗姆，最美好的！"她的眼泪突然夺眶而出，而她仍然重复道，"最美好的！"

141

我们又走到我刚才见她出来的菜园小门。她转身面对我。

"别了！"她说道，"不，你也不要再往前走了。别了，我心爱的人。最美好的……现在就要开始了。"

她注视我一会儿，眼里充满难以描摹的爱，双臂伸着，两手搭在我肩上，既拉住我又推开我……

小门一重新关上，我一听见她插上门闩的声音，便挨着门扑倒在地，简直悲痛欲绝，在黑夜中哭泣了许久。

何不拉住她，何不撞开门，何不闯进不会拒绝接纳我的房子里呢？不行，即使今天再回顾这段往事的全过程……我也觉得不能那么干，现在不能理解我的人，就表明他始终不理解我。

我感到极度不安，实在忍耐不住，几天之后便给朱丽叶写信，告诉她我去过封格斯马尔，见到阿莉莎又苍白又消瘦，我又多么深感不安。我恳求她保重身体并给我消息，可是等阿莉莎写信是等不来了。

信寄出不到一个月，我收到这样一封回信：

亲爱的杰罗姆：

我要告诉你一个非常沉痛的消息：我们可怜的阿莉莎离开人世了……唉！你在信中表示的忧虑完全是有道理的。近几个月来，她身体日渐衰弱，却没有什

小门一重新关上，我一听见她插上门闩的声音，便挨着门扑倒在地，简直悲痛欲绝，在黑夜中哭泣了许久。

么明显的病症；不过，她经我一再恳求，同意去看勒阿弗尔的Ａ大夫。大夫给我写信说，她没有患什么大病。可是，你去看望她之后的第三天，她突然离开了封格斯马尔。这还是罗贝尔写信告诉我的，要不是罗贝尔，我还根本不知道她离家出走——她很少给我写信，因而没有她的音信，我也不会很快惊慌起来。我狠狠责备罗贝尔，不该放她走，应当陪她去巴黎。说起来你会相信吗，从那时候起，我们就不知道她的下落了。你能判断出真叫我担心死了，既见不到她，又无法给她写信。过了几天，罗贝尔去了巴黎，但是没有发现一点线索。他那人懒洋洋的，我们怀疑他是否尽力了。必须报警，我们不能总处于这种情况不明的折磨人的状态。于是，爱德华去了，经过认真寻找，终于发现阿莉莎藏身的那家小疗养院。可惜太迟了。我收到疗养院院长的一封信，通知我她去世的消息，同时也收到爱德华的电报，说他甚至未能见她最后一面。她临终那天，把我们的地址写在一个信封上，好让人通知我们，在另外一个信封里，她装了给勒阿弗尔公证人的信件副本，遗嘱全写在上面。信中有一段我想与你有关，不久我会告诉你。爱德华和罗贝尔参加了前天举行的葬礼。护送灵柩的除了他们俩，还有几位病友——她们一定要参加葬礼，并且一直伴随她的遗体到墓地。可惜我没法儿去，第五个孩子随时要分娩了。

　　我亲爱的杰罗姆，我知道她的死讯要给你造成极痛深悲，我给你写信时也心如刀割。已有两天，我不得不卧床，写信很吃力，但是不愿意让任何人代笔，连爱德华和罗贝尔也不行，只能由我向你谈唯独我们二人了解的人。现在，我差不多成了老主妇了，厚厚的灰烬已经覆盖了火热的过去，现在可以了，希望再见到你。如果你要到尼姆来办事或游览，那就请到埃格-维弗来。爱德华会很高兴认识你，我们二人也能谈谈阿莉莎。再见，亲爱的杰罗姆。我非常伤心地拥抱你。

　　几天之后我便得知，阿莉莎将封格斯马尔田庄留给她兄弟，但是要求她房间的所有物品和她指定的几件家具，全部寄给朱丽叶。不久我就会收到封好寄给我的一包材料。我还得知她要求给她戴上紫晶十字架，正是最后相见那次我拒收的那枚——爱德华告诉我，她如愿以偿了。

　　公证人转寄给我的一包密件，装有阿莉莎的日记。我这里抄录许多篇。——只是抄录，不加评语。不难想象，我读这些日记时心中的感触和震动，要表述必然挂一漏万。

不久我就会收到封好寄给我的一包材料。我还得知她要求给她戴上紫晶十字架,正是最后相见那次我拒收的那枚——爱德华告诉我,她如愿以偿了。

阿莉莎的日记

埃格-维弗

前天从勒阿弗尔动身,昨天到达尼姆。这是我头一回旅行!既不用操心家务,也不必动手做饭,不免有点儿无所事事。而今天,188×年5月24日,正逢我二十五岁生日,我开始写日记——虽无多大乐趣,也算有点儿营生,因为,有生以来,也许我这是第一次感到孤独。来到这异乡,这近乎陌生的土地,我还不熟识。它要向我讲述的,一定类似诺曼底向我讲述的,我在封格斯马尔百听不厌的事情——因为无论在哪里,上帝都不会变样——然而,这片南方的土地讲一种我未学过的语言,我听着不免感到惊奇。

5月24日

朱丽叶在我身边的躺椅上打盹。我们所在的露天走廊,给这座意大利式住宅增添了魅力,它与连接花园的铺沙庭院齐平……朱丽叶待在躺椅上,就能望见起伏延伸至水塘的草坪，望见水面上嬉戏的一群五颜六色的野鸭，以及游弋的两只天鹅。据说水源是一条小溪，夏季从不枯竭。不过，小溪穿过园子，穿过越来越荒的树丛，在干渴的灌木丛和葡萄园之间越来越窄，很快就完全窒息了。

……昨天我陪朱丽叶的时候，爱德华·泰西埃带父亲参观了花园、农场、贮藏室和葡萄园——因此今天一清早，我就初次散步，独自探索这个园子了。这里的许多花草树木我不认识，很想知道名字，每种植物就折一根小枝，好在吃午饭的时候能问别人。我认出了一种，就是杰罗姆在博尔盖萨别墅或多里亚·庞菲利那儿赞赏的青橡树……是我们诺尔省这种树的远亲，外观差异极大。这些树枝繁叶茂，差不多将园子尽头的一块狭小的空地遮得严严实实，给这块踩着软绵绵的草坪蒙上神秘的色彩，足以引来仙女歌唱。我对大自然的情感，在封格斯马尔打上深深的基督教烙印，到了这里，却不由自主地染上神话色彩，我不免惊讶，甚至有点惊慌。然而，越来越压抑我的这种恐惧，还是宗教式的。我还叨念着：hic nemus[①]。空气特

[①] 拉丁语，意为"这是树林。"

别清新，周围静得出奇。我想到俄耳甫斯①，想到阿尔米达②，忽听一声鸟啼，独声啼叫，就在身边，极其婉转清脆，就好像整个大自然都等待这声啼叫。我的心剧烈地跳动，靠在一棵树上待了片刻，这才回房，而全家上下还没有一人起床。

5月26日

一直没有杰罗姆的消息。他的信即使寄往勒阿弗尔，也会给我转来的……我的不安心情，只能对这本日记诉说。三天来，无论昨天的博地之行，还是祈祷，都未能片刻使我释念。今天，我也写不了别的什么：我到达埃格-维弗之后所产生的无名忧伤，也许没有别的缘故。这种忧伤，在我内心的极深处，现在我觉得早就有了，只是被我引以为豪的快乐掩盖了。

5月27日

为什么要欺骗自己呢？我是通过推理，才对朱丽叶的幸福感到高兴的。她这幸福，当初我多么诚心祝愿，甚至愿意为之牺牲我的幸福，可今天我却痛苦地

---

① 俄耳甫斯，相传是来自色雷斯著名诗人、音乐家和先知，他可以用他的音乐能力迷惑和影响所有生物。
② 阿尔米达，一位伊斯兰教的魔女，她用魔法和美色试图战胜十字军，但最终却与十字军骑士里纳尔多坠入情网，忘记了宗教战争。

看到，这幸福来得如此容易，同我们二人当初想象的大相径庭！这事儿多复杂啊！如果……我能分辨清，看到朱丽叶是在别处，而不是在我的牺牲中找到幸福，她无须我作出牺牲就幸福了。我感到受了伤害，只是因为一种强烈的自私心理复萌。

现在，我得不到杰罗姆的消息就惴惴不安，这就应当扪心自问：我真的心甘情愿作出牺牲吗？上帝不再要求我这样做，我就觉得蒙受了屈辱。难道一开始我就不行吗？

5月28日

这样剖析我的伤感，该有多么危险！我的心思已经倾注在这本日记上。孤芳自赏的心理，我原以为克服了，难道在这里又抬头了吗？不行，但愿这本日记不要充当我的心灵顾影自怜的镜子！我写日记是由于忧伤，而不是像我开始所想的那样出于无聊。忧伤是一种"犯罪的心态"，我早就没有这种感受了，现在依然憎恨，我要"简化"我的灵魂，清除这种状态。这本日记应当助我的心灵重获快乐。

忧伤是一种复杂的情感。当初我从不分析自己的快乐。

在封格斯马尔，我也是一个人，比在这里还要孤单……可是，我为什么不感到孤独呢？杰罗姆从意大利给我写信来的时候，我就承认他没有我也能生活，没有我也生活过来了，而我的思想追随他，只要分享他的快乐就行了。然而现在，我又情不自禁地呼唤他，觉得没有他，所有新奇的景物看着都烦人……

6月10日

这本日记刚刚开了头，就中断这么久，只因小莉丝出生了，天天晚上长时间守护朱丽叶。我所能写信告诉杰罗姆的情况，毫无兴趣记在日记里。我要避免许多女人无法容忍的通病：日记写得太琐碎。这本日记，我要当作自我完善的一种手段。

接下来的好多页是她的读书笔记和摘抄的片段，等等。然后，又是她在封格斯马尔写的日记：

7月16日

朱丽叶生活幸福，她这样说，看样子也如此——我没有权利，也没有理由怀疑……然而，我在她身边的时候，这种美中不足、颇不舒服的感觉，又是从何而来呢？——也许感到这种幸福太实际了，得来太容易，完全是"特制"的，恐怕要束缚并窒息灵魂……

现在我不禁扪心自问，我所期望的究竟是幸福，还是走向幸福的过程。主啊！谨防我得到极快就能实现的幸福！教会我拖延，推迟我的幸福，直到来到您的身边。

接下来许多页全撕掉了，一定是讲述我们在勒阿弗尔那次痛苦相见的日记。直到第二年，才重又记日记，但是没有注明日期，肯定写于我在封格斯马尔逗留期间。

我有时听他说话，就仿佛看着自己在思想。他解释我的情况。向我本人揭示我自己。没有他，我还算存在吗？只有和他在一起我才算存在……

我有时也犹豫，我对他的感情，真就是人们所说的爱情吗？人们一般所描绘的爱情和我所能描绘的相差太远。我希望什么也不说，爱他却又不知道自己在爱他，尤其希望爱他而他却不知道。

在没有他的生活中，我无论经历什么事，也不会有丝毫快乐了。我的全部美德仅仅是为了取悦于他，然而我一到他身边，就感到自己的美德靠不住了。

我喜欢弹钢琴练习曲，这样觉得每天都会有点进步。也许这也是我爱读外文书的秘密所在——这倒不是说任何外语我都偏爱，也不是说我所欣赏的本国作家不如外国作家，而是说书中的含义和情绪要费些琢磨，一旦琢磨透了，并且琢磨得越来越透，无意中就可能萌生一种自豪感，在精神的愉悦上，又增添了无以名状的心灵的满足,而我似乎少不得这种心灵的满足了。

不是处于进展的状态,无论多么幸福也不可取。我所想象的天堂之乐,并不像混同于上帝那样,而是像持续不断而又永无止境的靠拢……如果不怕玩弄字眼儿的话,我要说不是"进展性"的快乐,我一概不屑一顾。

今天早晨,我们二人坐在林荫路的长椅上,我们什么话也不讲,也没有讲什么话的需要……突然,他问我是否相信来世。

"当然相信,杰罗姆,"我立刻高声说道,"在我看来,这不止是一种希望,而是一种确信……"

我猛然感到,我的全部信念,都体现在这声叫喊里了。

"我很想知道,"他又说道……他停了片刻,才接着说:"如果没有信仰,你的生活态度会不同吗?"

"我怎么知道呢?"我回答,继而又补充道:"就说你本人吧,我的朋友,你在最热忱的信念的驱使下,就再也不可能改变生活态度了。你变了,我也不会爱你了。"

不,杰罗姆,我们的美德,不是极力追求来世的报偿,我们的爱情也不是寻求回报。受苦图报的念头,对于天生高尚的心灵是一种伤害。美德并不是高尚心灵的一件装饰品——不是的,而是心灵美的一种表现形式。

爸爸身体又不怎么好了,但愿没有什么大病,可是一连三天,他只能喝牛奶。

昨天晚上,杰罗姆上楼回房之后,爸爸和我又多坐了一会儿,不过中间出去了半晌。我独自一人,就坐到长沙发上,确切地说躺了下来,不知为什么,我几乎从未有过这种情况。灯罩拢住灯光,我的眼睛和上半身处在暗影里,而脚尖从衣裙下稍微露出来,正好映上一点灯光,我则机械地注视自己的脚尖。这时,爸爸回来了,他在门口停了片刻,神情古怪,既微笑又忧伤地打量我,看得我隐隐有点儿不好意思,就急忙坐起来,于是,他向我招了招手。

"过来,到我身边坐坐。"他对我说道。尽管时间已经很晚了,他还是向我谈起我母亲,这是从他们分离之后从未有过的情况。他向我讲述他如何娶了她,如何爱她,而最初那段生活,我母亲对他意味着什么。

"爸爸,"我终于问道,"请你告诉我,你干吗今天晚上对我讲这些,是什么引起来的,干吗偏偏在今天晚上对我讲这些呢?"

"就因为我回客厅见你躺在长沙发上,一刹那间真以为又见到你母亲。"

我着重记下这一情景,也是因为这天晚上……杰罗姆扶着我的座椅靠背,俯身从我的肩头上看我手捧的书。我看不见他,但是能感觉到他的气息,同他身体传出的热气和颤动。我佯装继续看书,可是书中说的什么意思看不懂了,连行数也分辨不清,心中莫名其妙乱成一团麻。我趁着还能控制住的时候,急忙站起身,离开客厅一阵工夫,幸而他什么也没有看出来……后来,客厅只剩下我一人了,就躺在沙发上,爸爸觉得我像母亲,而当时我恰巧想到她。

昨天夜里,我睡得很不安稳,沉重的往事像痛悔的浪潮,涌上我的心头。主啊,教会我憎恶一切貌似邪恶的事物吧。

可怜的杰罗姆!他哪儿知道,有时他只需有个举动,而我有时就等待这个举动……

我还是小姑娘的时候,就已经考虑到他而希望自己漂亮点儿。现在想来,我从来只是为了他才"追求完美",而这种完美,又只能在没有他的情况下才会达到。上帝呀!您的教诲,正是这一条最令我的心灵困惑。

能融合美德和爱情的心灵,该有多么幸福啊!有时我就产生这样的疑问:除了爱,尽情的爱,永无止境的爱，是否还有别的美德……然而有些日子，唉！在我看来，美德与爱情完全相抵触了。什么！我内心最自然的倾向，竟敢称之为美德！哼，诱人的诡辩！花言巧语的诱惑！幸福的骗人幻景！

今天早晨，我在拉布吕耶尔①的作品中看到这样一段话：

"在人生的路上，有时就遇到遭禁的极为宝贵的乐趣，极为深情的誓盟，我们渴望至少能够允许，这也是人之常情。如此巨大的魅力，只有另一种魅力能超越，即凭借美德舍弃这一切的魅力。"

为什么我要臆想出禁绝呢？难道还有比爱情更强大、更甜美的魅力在暗暗吸引我吗？啊！若能爱得极深，两个人同时超越爱情，那该有多好！……

唉！现在我再明白不过了，在他和上帝之间，唯独有我这个障碍。如果像他对我讲的那样，他对我的爱当初也许使他倾向于上帝，那么事到如今，这种爱就成为他的阻碍了。他总恋着我，心中只有我，而我成为他崇拜的偶像，也就阻碍他在美德的路上大步前进。我们二人必须有一个先行达到那种境界，可是我的心太懦弱，无望克服爱情，上帝啊，那就允许我，赋予我力量，好去教他不再爱我吧。我牺牲自己的功

---

① 拉布吕耶尔（1645—1696），法国作家、哲学家，代表作《品格论》。

德，将他无限美好的功德献给您……如果说失去了他，今天我的心灵要哭泣，但这不正是为了以后能在您身上同他相聚吗……

我的上帝啊！还有更配得上您的心灵吗？他生在世上，难道就没有比爱我更高的追求了吗？他若是停滞在我这水平上，我还会同样爱他吗？一切可能成为崇高的东西，如果沉湎在幸福中，会变得多么狭隘啊！……

星期日

"上帝给我们保留了更美好的。"

5月3日星期三

幸福就在眼前，近在咫尺，他若是想得到……只要一伸手，就能抓住……

今天早晨同他谈了话，我作出了牺牲。

星期一晚间

他明天走……

亲爱的杰罗姆，我无限深情，始终爱你，但是这种爱，我却永远不能对你讲了。我强加给自己的眼睛、嘴唇和心灵的束缚严厉极了，因而同你分离，对我来说倒是一种解脱、一种苦涩的满足。

我尽量按理性行事，然而一行动起来，促使我行动的道理却离我而去，或者在我看来变得荒谬了，于是我不再相信了……

促使我逃避他的理由吗？我不再相信了……不过，我还照样逃避他，但是怀着忧伤的情绪，而且不明白自己为什么还要逃避。

主啊！杰罗姆和我，我们走向您，相互鼓励，携手向前，走在生活的大道上，如同两个朝圣的信徒，有时一个对另一个说："你若是累了，兄弟，就靠在我身上吧。"而另一个则回答："只要感到你在我身边就足够了……"可是不行啊！您给我们指出的道路，主啊，是一条窄路，极窄，容不下两个人并肩而行。

7月4日

六周多没有翻开这本日记了。上个月，我重读了几页，发现了一种荒唐的、有罪的念头：要写得漂亮些……好给他看……

我写日记，本来是要摆脱他，现在就好像继续给他写信。

我觉得"写得漂亮"（我知道其中的含义）的那些页，我统统撕毁了。凡是谈到他的部分，也该全部撕掉，甚至应当撕掉整个日记……可我未能做到。

我撕毁那几页，就有点儿扬扬自得了……如果没有这么重的心病，我就会觉得好笑了。

我确实感到自己干得漂亮，撕掉的是至关重要的东西！

7月6日

我不得不清洗我的书架……

我拿走一本又一本，从而逃避他，可又总是遇见他。就连我独自发现的篇章，也恍若听见他给我朗诵的声音。我的兴趣，仅仅在于他所感兴趣的东西，而我的思想也采用了他的思想形式，两者难以区分开，就像从前我乐得将两者混淆那样。

有时，我故意写得糟糕一些，以便摆脱他那语句的节奏，然而，这样同他斗争，表明还忘不掉他。我决定干脆在一段时间内，只看《圣经》（也许还看看《仿效基督》)，此外，在日记里，也只记下我每天所读的显眼的章节。

从7月1日起，就像"每日面包"那样，我每天抄录一段经文。我这里只抄录附有评点的几段。

7月20日

"将你的所有全部卖掉，分给穷人。"照我的理解，我这颗只想交给杰罗姆的心，也应当分给穷人。这同时不是也教他这样做吗？……主啊，给我勇气吧。

7月24日

我停止阅读《永恒的安慰》了。只因我对这种古语兴趣很大，读着往往驰心旁骛，尝到近乎异教徒的喜悦，违背了我要从中获取教益的初衷。

又捧起《仿效基督》，但不是我看着太费解的拉丁文本。我喜欢我所读的译本甚至没有署名——当然是新教的，不过小标题却明示："适于所有基督教团体"。

"啊！如果你知道行进在美德的路上，你自己得到多大安宁，给别人多大快乐，那么你就会更加用心去做了。"

8月10日

上帝啊，我向您呼唤的时候，怀着儿童信念般的激情，用的是天使般的超凡声音……

这一切，我知道，是来自您，而不是来自杰罗姆。

可是为什么，您要处处将他的形象，置于您和我之间呢？

8 月 14 日

用了两个多月,才算完成这项事业……主啊!帮帮我吧!

8 月 20 日

我清楚地感到,我从忧伤的情绪清楚地感到,我要作出的牺牲,在心中并未完成。上帝啊,让我认识到,唯独他给我带来的这种喜悦,完全是您赐予的。

8 月 28 日

我所达到的德行的境界多么平庸,多么可怜啊!难道我太苛求自己吗?——不要再为此痛苦了。

基于多么怯懦的心理,才总是乞求上帝赐予力量!现在,我的全部祈求是一种哀怨之声。

8 月 29 日

"瞧一瞧旷野里的百合花……"

这样简单的一句话,今天早晨却使我陷入无法排遣的忧伤中。我来到田野,心田和眼眶都充满泪水,情不自禁地一再重复这句话。我眺望空旷的平野,只见农民弯腰扶犁艰难地耕地……"旷野里的百合花……"上帝啊,您究竟在哪儿呢?

9月16日晚10时

我又见到他了。他就在这小楼里。我望见从他窗口射到草坪的灯光。我写这几行文字时，他还没有睡下，也许还在想我。他没有变——他这样讲，给我的感觉也是这样。我能按照自己的决定表现，以便促使他打消对我的爱吗？……

9月24日

噢！多么残忍的谈话，我装作无动于衷、冷若冰霜，而我的心却如醉如痴……在此之前，我只是逃避他。今天早晨，我感到上帝给了我足以制胜的力量，况且一味逃避斗争也是怯懦的表现。我胜利了吗？杰罗姆对我的爱减少了几分吗？……唉！这是我既希望又害怕的事情……我爱他从未达到如此深挚的程度。

主啊，要把他从我身边拯救走，如果必须毁掉我，那就下手吧！……

"请您进入我的心中和灵魂里，以便带去我的痛苦，继续在我身上忍受您蒙难所余下的苦难。"

我们谈到了帕斯卡尔……我能对他说什么呢？多么可耻而荒谬的话啊！我边说边感到痛苦，今天晚上悔恨不已，就好像亵渎了神灵。我又拿起沉甸甸的《思想集》，书自动翻开，正是致德·罗阿奈兹小姐的信那部分：

"我们自愿跟随拖着我们的人，就不会感到束缚，如果开始反抗并背离，就会非常痛苦了。"

这些话直截了当地触动我，我没有勇气看下去了，便翻到另一处，发现一段妙文，我从未看过，便抄录下来。

第一本日记到此结束。第二本肯定销毁了，因为阿莉莎留下来的文字，是三年后在封格斯马尔写的，那是九月份，即我们最后一次见面的前不久。

最后这本日记开头这样写道。

9月17日

上帝啊，您知道我要有他才能爱您。

9月20日

上帝啊，把他给我，我就把心交给您。

上帝啊，让我再见他一面吧。

上帝啊，我保证把心给您，您就将我的爱情所求的赐给我，我就把余生完全献给您。

上帝啊，饶恕我这种可鄙的祈求吧，可是，我就是不能从我的嘴唇上抹掉他的名字，也不能忘却我这颗心的痛苦。

上帝啊，我向您呼叫，不要把我丢在痛苦中不管。

9月21日

"你们将以我的名义,向天父请求一切……"

主啊!我不敢以您的名义……

我即使不再祈求了,难道您就不大了解我的心的妄念吗?

9月27日

从今天早晨起,十分平静。昨晚思索,祈祷几乎整整一夜。我忽然觉得,一种明亮清澈的宁静涌到我周围,潜入我的心田,犹如儿时我所想象的圣灵。我当即躺下,唯恐这种喜悦仅仅是一时的兴奋。不久我就睡着了,并将这种欢愉带入梦乡。今天早晨起来,这种心情依然。现在我确信他要来了。

9月30日

杰罗姆!我的朋友,我还称你为兄弟,但是我爱你远远超过手足之情……有多少次啊,我在山毛榉树林里呼唤你的名字!……每天日暮黄昏,我就从菜园的小门出去,走上已经暗下来的林荫路……你可能会突然应声回答,出现在我的目光一览无余的石坡后面,或者,我会远远望见你,望见你坐在长椅上等我,我的心不会狂跳……反之,没有见到你,我倒有点奇怪。

10月1日

还是不见一点儿人影。太阳沉入无比纯净的天幕。我还在等待，相信时过不久，我就要和他并排坐在那张长椅上……我已经在倾听他说话。我真喜欢听见他叫我的名字……他会来的！我的手要放在他的手中，额头要偎在他的肩上。我要坐在他身边呼吸。昨天，我就随身带了他的几封信，打算再看一遍，可是我满脑子想他，就没有看信。我还带着他喜爱的那枚紫晶十字架，记得有一年夏季，在我不愿意他走的日子里，每天晚上我都戴上小十字架。

我打算把这枚十字架还给他。这一梦想由来已久：他结了婚，他的头一个女儿取名叫小阿莉莎，我当教母，将这个首饰送给她……为什么我一直未敢对他讲呢？

10月2日

今天我的心情轻松欢快，宛若一只在天上筑了巢的小鸟儿。今天他肯定会来，我有这种感觉，知道事必如此。我真想把这事儿高声向所有人宣扬，也需要记下来。我再也不想掩饰自己的喜悦了。就连一向心不在焉、对我漠不关心的罗贝尔，也注意到了我的情绪变化，他问得我心慌意乱，不知如何回答。今天晚上，我怎么等待呢？……

不知怎的，我仿佛戴了一副凸透镜，它将爱情的光芒全聚在我这颗心的唯一热点上，并且到处向我显现他那扩大了的形象。

噢！这样等待，我多累啊！

主啊！那幸福的大门，请给我打开片刻吧。

10月3日

唉！光芒全部熄灭了！他好似影子，从我的怀抱里逃逸。原先他就在这儿！他就在这儿！我还能感觉到他。我呼唤他。我的双手、我的嘴唇，在黑夜里徒然地寻找他……

我既不能静下心来祈祷，又不能安稳地入睡。我又出来，到黑魆魆的花园里，无论待在房中还是小楼里，都感到害怕。我痛苦万分，一直走到同他分手的那扇小门，重又打开，异想天开地希望他又回来了。我呼唤，在黑暗中摸索。我回到房中给他写信。我接受不了自己的哀痛。

究竟发生了什么事！我对他讲了什么？我又做了什么呢？在他面前，何必总夸大自己的美德呢？我这颗心完全否定的一种美德，能有多大价值呢？我暗中违背上帝教导我说的话……我满腹的心事，却一句也没有说出来。杰罗姆！杰罗姆！我的痛苦的朋友，我在你身边就肝肠寸断，离开你又痛不欲生。刚才我对你讲的那一切，你只倾听我的爱向你诉说的那部分吧。

信撕了又写……天已拂晓，灰蒙蒙的浸透了泪水，同我的思想一样愁惨……我听见田庄头一阵响动，万物睡醒了，又活动起来了……"现在，你们起来吧，时间已到……"

这封信不会发出去。

10月5日

嫉妒的上帝啊，您既已剥夺了我的一切，那就把我的心也拿走吧。从今往后，这颗心没有了任何热情，对什么也不会产生兴趣了。请助我一臂之力，战胜我这可怜的残余吧。这所房子、这座花园，都无法容忍地激发我的爱情。我要逃往只能见到您的一个地方。

您要帮我把我的全部财富分给您的穷人，不过，让我将封格斯马尔田庄留给罗贝尔，我不会忍心卖掉。我倒是写好了一份遗嘱，但是大部分必须履行的手续还不清楚。昨天，我未能和公证人谈透，怕他猜出我的决定，就去通知朱丽叶或者罗贝尔……到巴黎之后再补齐吧。

10月10日

到达这里，身体十分疲惫，头两天不得不卧床休息。他们不顾我的反对，请来了大夫。大夫认为必须做手术。硬顶有什么用呢？我没有费多少唇舌就让他们相信，我特别怕动手术，希望等"体力恢复一点儿"再说。

我隐瞒了姓名和住址，但是我向疗养院办公室交了一大笔钱，足以使他们痛快地接待我，而且只要上帝认为有必要，我在这里生活多久都成。

我挺喜欢这个房间。室内非常洁净，就无须装饰四壁了。我十分诧异，自己的心情近乎快乐，这表明我对生活不再抱任何期望了。这也表明，现在我必须只考虑上帝，而上帝的爱只有占据我们的整个身心，才会无比美妙……

我随身只带了《圣经》，不过今天，我心中响起比我读到的话更高的声音，即帕斯卡尔这一失声的痛哭："无论什么，不是上帝的就不能满足我的期望。"

噢！我这颗失慎的心，竟然期望人间的欢乐……主啊，您将我置于绝望的境地，就是要叫我发出这声呼喊吗？

10月12日

您快来主宰吧！快来主宰我的心，来成为我的唯一主宰，主宰我的整个身心吧。我再也不想拿这颗心同您讨价还价了。

我的心灵仿佛十分衰老，可是又保持一种特别的稚气。我仍是当年那个小姑娘，屋子必须规整，脱下的衣裙必须叠好放在床头，我才能睡着觉……

我死的时候，也打算这样。

10月13日

这本日记又读一遍，然后好销毁。"伟大的心灵不该散布自己的惶惑之感。"这句美妙的话，我想是出自克洛蒂尔德之口。

我正要将日记投入火中，却被一声警告制止了——我觉得日记已不属于我本人了，日记完全是为杰罗姆写的，我没有权力从他手中夺走。我的种种担心、种种疑虑，今天看来十分可笑，不可能再那么重视，也不会相信杰罗姆看后会内心纷扰。我的上帝啊，让他也发现一颗心的笨拙声调吧。这颗心渴望到了狂热的程度，要把他推上我本人都万难抵达的美德之巅。

"我的上帝，带我登上我达不到的这个崖顶。"

"欢乐，欢乐，欢乐，欢乐的泪水……"

不错，超过人世欢乐，越过一切痛苦，我感觉到了这种无与伦比的欢乐。我达不到的崖顶，我知道有个名称：幸福……我也明白，如果不追求这种幸福，我便虚度此生……然而，主啊！您曾许诺给放弃红尘的纯洁灵魂。"即刻就幸福了，"您的圣言说道，"即刻就幸福了，死在主的怀抱里的人。"难道我一定得等到死吗？我的信念正是在此处动摇了。主啊！我用全部气力向您呼喊。我在黑夜中；我等待黎明。我向您呼喊，到死方休。来解除我心中的干渴吧。这幸福，我渴望马上……或者我应当确信得到啦？也许就像性急的小鸟儿，天不亮就叫起来，是呼唤而不是宣告黎明，难道我也不等天放亮就歌唱吗？

10月16日

杰罗姆，我要让你知道什么是完美的欢乐。

今天早晨，我翻肠倒肚，大吐了一阵，立刻感到身子虚弱极了，一时间可望就要死去。但其实不然。开头，我通身都极其平静；继而，一种惶恐不安的情绪袭上心头，使我的肉体和灵魂都颤抖起来，就好像猛然醒悟，一下子悟透了自己的一生。我仿佛第一次注意到，我那房间光秃的四壁惨不忍睹。我害怕了。现在我还在写，就是要自我安慰，保持镇定。主啊！但愿我至死也不会说出一句大逆不道的话。

我还能起床。我跪下来，像个孩子似的……

现在我想死去，速速死去，别等到我又明白过来自己孤单一人。

去年我又见到了朱丽叶。接到她告诉我阿莉莎死讯的那封信，十余年过去了。一次我到普罗旺斯地区旅行，趁机在尼姆停留。泰西埃家的住房相当美观，位于中心闹市区弗舍尔大街。我虽已写信告知，可是踏进门槛时，心情还是颇为激动。

一名女仆带我上楼进客厅，等了不大工夫，朱丽叶便出来见我。我恍若看见普朗蒂埃姨妈——同样的走路姿势、同样的丰盈体态、同样气喘吁吁的热情。她立刻问我的情况，问题一个接着一个，也不等我回答：问我职业生涯如何，在巴黎的住处怎样，又问我干些什么，有什么交往，到南方来做什么？为什么不能再往前走走，到埃格-维弗呢？爱德华见到我会非常高兴的……然后，她又向我介绍所有人的情况，谈到她丈夫、几个孩子，还谈到她弟弟、去年的收成，以及不景气的生意……从而我得知，罗贝尔卖掉了封格斯马尔田庄，搬到埃格-维弗来住，现在成为爱德华的合伙人。他留在葡萄园，改良品种并扩大栽植面积，而爱德华就能腾出手来跑外面，主要管销售事宜。

在说话的工夫，我的目光不安地寻找能忆旧的物品，在客厅的新家具中间，认出了几件封格斯马尔的家具。然而，还能拨动我心弦的往事，现今朱丽叶似乎置于脑后，或者有意绝口不提。

楼梯上有两个男孩在玩耍，他们有十二三岁，朱丽叶叫过来介绍给我。大女儿莉丝随父亲去埃格-维弗了。不一会儿，回来一个十岁的男孩，正是朱丽叶写信通知我那个沉痛消息时说要出生的那个。那次有些难产,朱丽叶好长时间身体没有恢复过来。直到去年,她才好像一高兴,又生了一个女孩,听口气是她最喜爱的孩子。

"她睡在我的房间,就在隔壁,"她说道,"过去看看吧。"她带我往那儿走时,又说道:"杰罗姆,我未敢写信跟你说……你愿意当这小丫头的教父吗?"

"你若是喜欢这样,我当然愿意了,"我略感意外地说,同时俯向摇篮,又问道:"我这教女叫什么名字?"

"阿莉莎……"朱丽叶低声答道,"孩子长得有点儿像她,你不觉得吗?"

我握了握朱丽叶的手,没有回答。小阿莉莎被母亲抱起来,睁开眼睛,我便接到我的怀抱里。

"你若是成家,会是多好的父亲啊!"朱丽叶说,勉颜一笑,"你还等什么,还不快结婚?"

"等我忘掉许多事情。"我瞧见她脸红了。

"你希望很快忘记吗?"

"我希望永不忘记。"

"跟我来,"她忽然说道,并且走在前面,带我走进一间更小的屋子。只见屋里已经暗了,一扇门通她的卧室,另一扇门通客厅。"我有空的时候,就躲到这里来。这是这所房子里最安静的屋子,在这里,我就有点儿逃避了生活的感觉。"

这间小客厅同其他屋不一样,窗外不是闹市,而是长有树木的院子。

"我们坐一坐吧，"她说着，便倒在一张扶手椅上，"如果我理解不错的话，你是要忠于阿莉莎，永远怀念她。"

我没有立即回答，过了一会儿才说道："也许不如说忠于她对我的看法吧……不，不要把这当成我的一个优点。我觉得自己不可能有别种做法。我若是娶了另一个女人，就只能假装爱人家。"

"唔！"她应了一声，仿佛不以为然。接着，她的脸掉转开，俯向地面，就好像要寻找什么丢失的东西："这么说来，你认为一种毫无希望的爱情，也能长久地保存在心中啦？"

"是的，朱丽叶。"

"而生活之风每天从上面吹过，却不会吹灭它吗？……"

暮色渐浓，犹如灰色的潮水，涌上来，淹没了每件物品，而所有物品在幽暗中，仿佛又复活了，低声讲述各自的往事。我又看见了阿莉莎的房间——姐姐的家具，全由朱丽叶集中到这里了。现在，她的脸又转向我，脸庞我看不清，不知眼睛是否闭着。我觉得她很美。我们二人都默然无语。

"好啦！"她终于说道，"该醒醒了……"

我看见她站起身，朝前走了一步，就像乏力似的，又倒在旁边的椅子上，双手捂住脸，看样子她哭了。

这时，一名女仆进屋，端来了油灯。

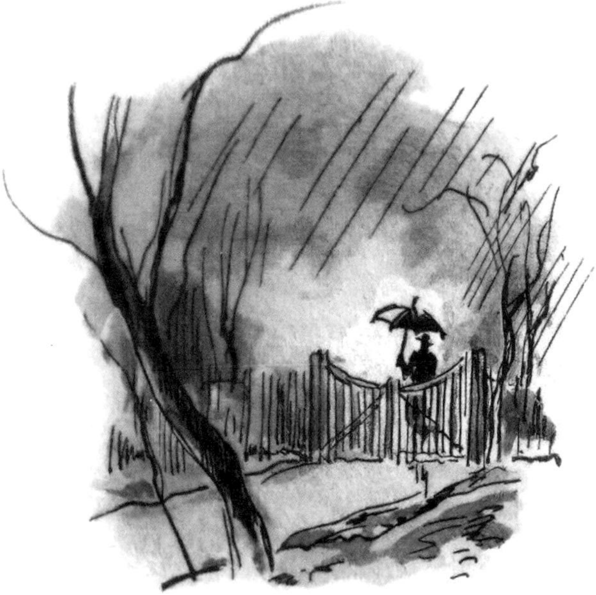